AW

Adelhard Winzer, geboren in Karlshuld/Bayern, ver-
brachte die ersten Kinderjahre auf dem Bauernhof
seines Onkels, Mitbegründer verschiedener Bands,
Reisen durch Europa, Kinderbuchveröffentlichung
„Andreas", Georg Lentz Verlag, München, Bankan-
gestellter, Bankkaufmann, intensive Schreib- und
Zeichentätigkeit, Ausstellungen in Neuburg an der
Donau, München und Umgebung, zwei Stücke im
Cantus Theaterverlag, Eschach: „Krethi und Plethi"
– „Das Korkenspiel", weitere Buchveröffentlichung:
„Die Sprachgrenze", Books on Demand, Norderstedt,
lebt im Chiemgau.

ADELHARD WINZER
LÜGENGESCHICHTEN

Bibliografische Information der
Deutschen Nationalbibliothek: Die Deutsche
Nationalbibliothek verzeichnet diese Publikation
in der Deutschen Nationalbibliografie. Detaillierte
bibliografische Daten sind im Internet über
http://dnb.dnb.de abrufbar.

Herstellung und Verlag:
BoD – Books on Demand, Norderstedt
Umschlagzeichnung:
Adelhard Winzer

ISBN: 978-3-752862102

LÜGENGESCHICHTEN

Wie lange waren Sie fort von zu Hause? Ich war niemals fort. Doch, wir wissen es, wie lange? Niemals war ich fort. Sie lügen, sagen Sie schon! Gut, ich lüge, aber das ist die Wahrheit.

Schnurzlpurzl

Kennen Sie den Schnurzlpurz, der jeden Morgen seine Schnurzl purzt? Der ist heute nicht aufgestanden. Sonst geht der ohne Umschweife zu mir. Das ist ganz unüblich. Ich weiß nicht, soll ich auf ihn warten. Man weiß ja nicht, was in so einem vorgeht. Vielleicht sagt er sich, heute stehe ich nicht auf, heute purz ich meine Schnurzl nicht. Heute mache ich mal was anderes!

Frau Garnicht

Frau Garnicht war heute einkaufen. Im Supermarkt. Dort hat sie ein Paar Schuhe gesehen, die ihr sofort gefallen haben. So was passiert selten. Meistens ist man unzufrieden mit den Schuhen, und die Traumschuhe gibt es nicht. Doch Frau Garnicht hat sie gefunden. Sie ist auf die Schuhe losmarschiert, hat sie erst abwägend in der Hand gehalten, schließlich anprobiert – und auf Anhieb haben sie gepasst. Ohne geschwätzige Verkäuferinnen hat sie die Schuhe gesehen und gekauft. Das gibt es gar nicht, dachte sie. Sie hat sie im Supermarkt noch anbehalten und ist hinausgegangen damit. Sie hat sich wie ein neuer Mensch gefühlt. Sie ist gleich noch in das Süßwarengeschäft gegangen mit ihren neuen Schuhen und hat sich eine Tafel Schokolade von der besten Sorte gekauft. So sehr hat sie sich gefreut über ihre neuen Schuhe.

Lichter

Der Mann, der nachts nicht schlafen konnte, stellte sich auf seinen Balkon und begann die Lichter in den Fenstern der Häuser gegenüber zu zählen. Manchmal brachte er es auf neunundvierzig, dann wieder nur auf siebenundzwanzig Lichter. Es gab auch Zeiten, wo es nur läppische zehn oder gar nur fünf Lichter zu zählen gab. Die höchste Zahl aber, die er jemals erreichte, sein Lichtrekord, waren dreihundertneunundneunzig Lichter. Er hat damals die Zahl gleich in seinen Lichterzahlenkatalog eingetragen und fett umrandet, so was passiert schließlich nicht jede Nacht. Und jedesmal, wenn der Mann eine neue Bekanntschaft macht, spricht er von seinem Lichterzahlenkatalog. Erst am Ende des Gespräches erwähnt er seine Höchstzahl. Daraufhin fragen die meisten Leute anstandshalber: Was, wie viele?! Dreihundertneunundneunzig, wiederholt er. Er könnte auch das Datum nennen. Oder die Uhrzeit. Aber das macht er nicht. War es doch während des Fußballweltmeisterschaftsendspiels, das damals im Fernsehen übertragen wurde. Alles, meint der Mann, muss man den Leuten ja nicht auf die Nase binden!

Streit

Brüderlein und Schwesterlein erwachten aus dem Schlaf und hörten, wie sich ihre Eltern stritten. Wenn wir groß sind, flüsterte das Schwesterlein, streiten wir nicht mehr, abgemacht? Abgemacht, entgegnete das Brüderlein. Wir machen es anders, wiederholte das Schwesterlein. Ja, sagte das Brüderlein. Aber wie, fragte das Schwesterlein. Nicht mehr streiten, meinte das Brüderlein.

Vergessen

Die Frau, die alles vergaß, schrieb sich täglich
Zettel, um nicht mehr zu vergessen, was sie
dauernd vergaß. Eines Tages schrieb sie: ES-
SEN LIEGT IM KÜHLSCHRANK! NUDELN IM
GEFRIERSCHRANK! ROTE BEETE SIND SAU-
ER! Am nächsten Morgen fand sie den Zettel
in der Küche, konnte aber nichts mehr damit
anfangen. ES IST SO WEIT, schrieb sie auf ihren
Notizblock. Was sie damit meinte, wusste sie
nicht.

Zwei Freunde

Zwei Freunde trafen sich nach langer Zeit wieder. Der eine wusste, dass der andere nur dunkles Weißbier trank, und der andere wusste, dass der andere nur helles Weißbier trank. Sie mochten sich sehr. Jeder brachte dem anderen als Geschenk sein Lieblingsbier mit. Und sie freuten sich. Der eine trank dann sein dunkles Weißbier und erzählte von den Problemen der Welt, und der andere trank sein helles Weißbier und hörte ihm zu, oder auch nicht. So blieben sie zeitlebens Freunde.

Der kleine Mann

Ach, wäre mir das doch nie passiert, jammerte der Mann, hätte ich es nur nicht gemacht! Wie bin ich dumm gewesen, ach, so dumm! Wäre mir das doch nie passiert! Plötzlich richtete sich in seinem Kopf ein kleines Männlein auf und marschierte gegen die dunklen Gedanken an. Halt, rief das Männlein, hier geht es lang! Ach, wollte der Mann schon wieder sagen. Das kleine Männlein aber lief hin und her in seinem Kopf, versuchte aus dem düsteren einen wunderherrlichen Tag zu machen, und das war eine große Aufgabe. Obwohl das kleine Männlein viel kleiner war als der Mann, war es zehnmal stärker als er. Ach was, hundertmal stärker! Für manche Sachen gibt es einfach keine Vergleiche mehr.

Der kleine Fisch

Der kleine Fisch drehte seine kleinen Kreise im tiefen Wasser und traf dabei auf einen großen Fisch. Ach, seufzte das kleine Fischlein, ich wäre so gerne ein großer Fisch! Nichts leichter als das, meinte der große Fisch und kam näher. Aber, wie wird man denn ein großer Fisch, fragte das Fischlein neugierig. Ganz einfach, entgegnete der große Fisch, sperrte sein Maul auf und verschlang das kleine Fischlein.

Der Unsichtbare

Der Mann, der sich unsichtbar machen konnte, marschierte auf eine Frau zu, die gemeinsam mit einer anderen Frau auf einer Parkbank saß. Er kannte diese Frau sehr gut, doch sie wollte nichts mehr von ihm wissen. Bestimmt reden die jetzt über mich, dachte er. Sie sprachen aber nur über Schuhe und Einkaufszettel, Abendschule und dergleichen. Die Frau, die er nicht kannte, war schön anzusehen von der Seite. Da wünschte er, die Frau, die von ihm nichts mehr wissen wollte, würde interessante Sachen erzählen über ihn, damit die schöne Frau neugierig würde. Hätte sie das getan, wäre er zufällig des Weges gekommen und hätte sich zu ihnen gesetzt. Aber nichts dergleichen geschah. Nur Wetterberichte, Reiseziele und Kino. Da dachte der unsichtbare Mann, es ist überhaupt nicht mehr interessant, unsichtbar zu sein!

Romane

Nachdem der arbeitslose Mann ein halbes Jahr arbeitslos gewesen war, dachte er: Ich werde einen Roman über Arbeitslose schreiben! Er kaufte sich Papier und Bleistift, auch ein Rechtschreibbuch. Es ging sehr gut voran. Er hatte in kürzester Zeit mehr als einhundert Seiten gefüllt. Eines Tages aber erschrak er, stand auf von seinem Platz und ließ den Bleistift fallen. Ich bin nicht mehr arbeitslos, dachte er, unmöglich weiter darüber zu schreiben. Das geht nicht! Also blieb der Roman unvollendet, und der Mann arbeitslos.

Der Erfinder

Als der Mann endlich den Beruf gefunden hatte, für den er glaubte, auf der Welt zu sein, stellten ihm die zuständigen Herren jede Menge Hindernisse in den Weg. Sie verleideten ihm den Beruf dermaßen, dass er einfach Erfinder wurde und damit unglaublich viel Geld verdiente, so viel, dass es für die Bewohner einer Großstadt ausgereicht hätte. Trotzdem wurde der Mann von Tag zu Tag unglücklicher, weil er nicht den Beruf ausüben konnte, für den er glaubte, auf der Welt zu sein. Die damals für ihn zuständigen Herren hätten jetzt gerne ihr letztes Hemd hergegeben für ein Autogramm von ihm, für ihre Töchter. Wagten aber nicht mehr, in seine Nähe zu kommen.

Der Philosoph

Ein berühmter Philosoph kam in meinen Ge-
burtsort, um einen Vortrag ÜBER DIE UNZU-
LÄNGLICHKEIT DES GEISTES zu halten. Er
kam in der Annahme, ein völlig zurückgeblie-
benes, nur noch von Schafsköpfen bewohntes
Bauerndorf vorzufinden. Dabei nichts als Autos und breite Straßen, protzige Häuser. Nichts
mehr vom berühmten Kartoffelbauern. Trotzdem stellte er sich siegessicher auf den über-
füllten Rathausplatz und stülpte seine Ho-
sentaschen um, versuchte mit aufgebrauch-
ten Streichholzschachteln und Papierservietten
ten DIE BAUERN in ihre GEISTIGE ENGE zu-
rückzudrängen.

Das Urteil

Die Lebensmittelknappheit im Land der Todesstrafe ist dermaßen groß, dass Schwarzhändler ringsumher unterirdische Gänge bauen, endlose Stollen mit Seitengängen und Kammern. Ungeheure Mengen an Lebensmittel werden dort gehortet. Aber nur eine Frau beherrscht das Geschäft. Sie allein verhandelt, bestimmt die Preise, gibt an, wer was und wieviel erhält. Die Frau wird schließlich gefasst und vor Gericht gestellt. Unzählige Journalisten berichten darüber. Endlich erfolgt die Urteilsverkündung: TOD DURCH VERHUNGERN.

Die Schulklasse

Eine Schulklasse wandert ohne Aufsicht über die Alpen. In Gruppen bleiben sie stehen, sprechen zu unsichtbaren Personen, gebärden sich wie Lehrer. Ein Schüler wird aufgefordert, einen Vortrag über Verkehrsampeln zu halten. Der Schüler zeigt, wie man vorschriftsmäßig die Straße überquert. Die Kinder schalten die Ampel. Der Junge bleibt stehen, schaut nach links und nach rechts, blickt sich lächelnd um. Die Kinder rufen verzweifelt: Andreas, bleib stehen, die Ampel! Der Junge glaubt, es handle sich um einen Scherz, und geht weiter. Während sein Lächeln bereits über den Abgrund schwebt, beginnen die hilflosen Rufe seiner Mitschüler von den Felswänden zu hallen: ANDREAS – HALT – BLEIB HIER – ANDREAS!

Die Schwalben

Unzählige Schwalben schwirrten im Verbandflug durch den wolkenlosen Vorabendhimmel, stiegen auf und lösten sich, spritzten weit auseinander, kehrten im Sturzflug zurück, formierten sich aufs neue, schossen wieder hinaus in die hereinbrechende Nacht, stiegen auf, nur um sich wieder fallen zu lassen, veranstalteten ein wahres Feuerwerk mit ihren atemberaubenden Flugkunststücken, machten den Himmel tief und weit, und eng zugleich.

Der Pilot

Ich will über die Alpen fliegen, besitze aber kein Flugzeug. Ich gehe in einen Hangar. Der Pilot sagt, hier ist das Flugzeug, ich bin gleich bereit für Sie! Nach eingehender Prüfung erkläre ich, die Heckflossen halten den Flug nicht aus. Was, fragt der Pilot. Ich sage, der Pilot eines Flugzeuges ist nur so gut wie der schwächste Teil seiner Maschine. Jetzt beordert er Mechaniker heran, teilt Befehle aus. Das war sein zweiter Fehler, denke ich. Selbst ist der Mann, und das ist er nicht!

Das Haus

Es geht darum, ein dreistöckiges Haus zu bau-
en, ohne Lehm, Mörtel, Beton und dergleichen.
Jeden Abend prüft ein fachkundiger Zimmermann mein Tagwerk. Ich arbeite nur mit Holz:
Holzschrauben, Holzkamin, Holzfenster. Auf
auf, ruft er jedesmal, wenn ich in Schwierigkei-
ten gerate, jetzt kannst du beweisen, was du
drauf hast, Nörgler am Althergebrachten!

Das Mittagessen

Ein Mann, gewohnt seine Mahlzeiten nur noch im Stehen an der Theke einzunehmen, wurde eines Tages von der Bedienung seines Stammlokales mit strengen Worten begrüßt: Ich komme zu Ihnen an den Tisch! Der Mann sagte: Ich hätte gerne. Die Bedienung unterbrach ihn: Ich komme sofort an den Tisch. Er sah nur schmutzige Biertische und leere Bänke. Die Bedienung wiederholte: Ich komme jetzt gleich zu Ihnen an den Tisch! Er setzte sich. Und sie: Gleich! Er wartete, während sie beinahe schrie: Sofort! Schließlich stand er auf und ging von ihr weg. Er hörte sie noch, als er sie gar nicht mehr hören konnte.

Kino

Anton, August, Reinhold, Johann, Karl, Wolfgang, Roland, Friedrich, Walter und Werner
sitzen im Kino. In dem Film, der gleich beginnen wird, spielt ein Walter, ein Werner, ein
Friedrich, ein Wolfgang, ein Karl, ein Johann,
ein Reinhold, ein August, ein Anton und ein
Roland mit. August weiß nichts von Anton,
Reinhold nichts von Johann, Karl weiß nichts
von Wolfgang, Roland nichts von Friedrich,
nur Walter und Werner kennen sich. Anton,
August, Reinhold, Johann, Karl, Wolfgang,
Roland, Friedrich, Walter und Werner warten
geduldig auf den Film. Wolfgang sitzt in der
letzten Reihe, Friedrich in der dritten, Anton,
August und Reinhold in der ersten, Anton links,
August rechts, Reinhold in der Mitte. In der
neunten Reihe wartet Johann, Roland in der
fünften, Walter und Werner sitzen in der sieb-
ten Reihe. Den besten Platz hat Karl, er sitzt im
Vorführraum. Sein Vater ist Filmvorführer.
Karl beobachtet ihn, wie er die Filmrollen in die
Filmvorführmaschine spannt. Das Licht geht
aus. Anton raschelt mit der Popkorntüte, Reinhold bohrt in seiner Nase, August denkt an
seine Freundin, Johann steht noch einmal auf,

Karl spreizt die Zehen im rechten Schuh, Werner lutscht ein Bonbon, Friedrich lacht, Wolfgang hustet, Roland murmelt etwas vor sich hin. Ruhe, ruft Walter, der Film beginnt!

Der Buchhändler

Es war einmal ein Buchhändler, der handelte nicht mit Büchern. Er stellte sie nur ins Schaufenster. Jedes Mal, wenn ein Kunde seinen Laden betrat, packte er Bücher aus, als hätte er sie gerade erst bekommen. Er legte sie mal hierhin, mal dorthin. Er sagte: Unverkäuflich! Oder er verlangte tatsächlich einen Preis, dass der Kunde zu lachen begann. Eines Tages eröffnete gegenüber von dem Buchhändler, der keine Bücher verkaufte, ein anderer Buchhändler einen Buchladen. Der verkaufte seine Bücher. Zum Beispiel sagte der: Meine Bücher kosten nicht viel, aber nur heute. Morgen sind sie wieder teurer! Große Kisten standen vor dem Eingang, und er sprach mit den Passanten. Eigentlich interessierte das den Buchhändler nicht, der keine Bücher verkaufte. Er sagte höchstens: Das Buch kriegen sie da drüben viel billiger! Oder er stempelte seine Bücher, dass sie wertlos erschienen. Von irgendwas muss man doch leben, dachten die Leute. Der verkauft keine Bücher und nennt sich Buchhändler! Vielleicht war er bloß ein harmloser Spinner, ein Millionär, oder beides. Der Buchhändler, der keine Bücher verkaufte, sagte nichts dazu. Ist das etwa verboten? Seine Bücher standen nicht in den Regalen, sondern auf Tischen, Stühlen oder aufgereiht am Boden. Das ist eine wahre Geschichte. Ich habe sie gestern Nacht geträumt.

Frau Garnicht

Nicht sie ließ sich treiben, sondern sie wurde getrieben von einer kaufwütigen Meute, stieß mit all den geplagten, von Angebot zu Angebot hetzenden, nur noch in Preisschildern denkenden, furchterregenden Supermarktgesichtern zusammen – der ganzen menschlichen Gier auf engstem Raum. Schließlich, keinen Widerstand mehr leistend, wurde sie selbst ein Teil dieser Meute. Das wollte ich gar nicht, sagte sie am nächsten Tag (als sie versuchte, die TEFLONBESCHICHTETEN, WELTRAUMERPROBTEN, SUPERGÜNSTIGEN BRATPFANNEN wieder zurückzugeben).

Der Patient

Der junge Stationsarzt: mit wehendem Kittel durch den Flur eilend, seine Patienten flüchtig musternd, im Vorzimmer verschwindend (großer Künstler vor seinem Auftritt), wie abwesend auf die Frage der nuklearmedizinischen Assistentin: Reicht die Nase oder wollen Sie das ganze Gesicht – sich nur flüchtig an die Nase fassend, zwei Schritte weiter bereits die nächste Katastrophe behandelnd – zeigte sich als der geborene Unruhestifter. Und die Pflanzen im Warteraum erschienen wie Kunst, und es war Kunst, und die Seidenvorhänge Papier, die Fenster aus Plastik, und das Herz eines Patienten hörte auf zu schlagen! Alle wandten sich erschrocken um und schauten. Der Patient lächelte. Er atmete weiter – aus Protest diesem Arzt gegenüber.

Der Kettenraucher

Der Kettenraucher erwachte im Bett und hustete. Schleim löste sich. Wieder hustete er. Er schwang sich aus dem Bett und eilte ins Bad. Dort stand seine Frau. Was ist, fragte sie. Er schüttelte den Kopf. Sie versperrte ihm den Weg zum Waschbecken. Er zeigte mit dem Finger auf den geschlossenen Mund, dann aufs Waschbecken. Noch mehr Schleim löste sich. Die Frau lief entsetzt aus dem Badezimmer. Endlich hatte er das Waschbecken für sich allein. Der Morgen fängt wieder gut an, dachte er, als draußen seine Frau zu schimpfen begann.

Reform

Die Frage lautete, ob man das Alter herauf- oder herabsetzen sollte. Die zwanzigjährige Frau meinte: Als ich noch fünfundfünfzig war, war alles viel leichter! Von wegen, fiel ihr ein junger Schnösel von siebenundsiebzig Jahren ins Wort. Aber der durfte nicht ausreden, weil sich die uralte, siebzehnjährige Nachbarin zu Wort gemeldet hatte: Früher kostete ein Brot Fünffünfzig, heute nur noch Nullkommafünf, das gibt mir sehr zu denken! Nichts da, rief der ehemalige Bäckermeister von fünfzehn Jahren, darum geht es gar nicht! Nun kam der junge Bürgermeister an die Reihe: Ich mit meinen sechsundachtzig Jahren habe keine Chance – ich bin dafür! Der alte Gemeinderat aber von neunzehn Jahren war dagegen: Jetzt wollen die jungen Leute über Achtzig auch schon ans Ruder, ohne Lebenserfahrung, typisch für unsere Zeit! Und es gab ein wildes Durcheinander, jeder trug seine Argumente für sich alleine vor. Die alterslos erscheinende Moderatorin kam ins Schleudern, schlug mit der Faust auf den Tisch. Das wäre ja noch schöner, riefen die Alten. Von wegen, das lassen wir uns nicht bieten, die Jungen. Ruhe, rief die Moderatorin, jetzt wird abgestimmt! Aber die Auszählung ergab ein Unentschieden. Das hieß: Alles beim alten. Schließlich waren die Siebzehnjährigen längst alte Hasen, hatten genausoviel Erfahrung wie die Fünfzigjährigen. Es kursierte sogar die Meinung, sie seien gescheiter als alle Diskussionsteilnehmer zusammen!

Liebhaber

Die Frau, die alles vergaß, hatte einen Liebhaber. Ihr Mann durfte nichts wissen davon. Also verbot sie ihm, sie zu Hause anzurufen. Sie allein bestimmte, wann und wo sie sich trafen. Eines Tages fiel ihr der Zettel mit seiner Telefonnummer aus der Tasche. Sie konnte ihn aber noch rechtzeitig an sich reißen. Das ist doch die Nummer von der Bank, sagte sie zu ihrem Mann, du weißt schon! Am späten Abend ging sie ins Telefonhäuschen, schrieb die Telefonnummer an die Wand, an die bereits unzählige Nummern hingekritzelt waren, und warf ihren Zettel weg. Das war kinderleicht: einen Spaziergang vortäuschen, ins Telefonhäuschen gehen ohne Zettel und telefonieren. Die beiden trafen sich gewöhnlich in einem Cafe oder in einem Hotel, und in relativ kurzen Abständen. Ihr Mann hegte zwar immer wieder einen Verdacht, aber den konnte sie stets entkräften. Eines Abends wollte er wissen, wohin sie gehe. Nur schnell meine Aktetasche holen im Wagen, meinte sie, dort sind meine Sachen, mein Schmuck und das ganze Geld, ich war heute auf der Bank! Er traute der Sache nicht und folgte ihr. Sie lief ins Telefonhäuschen, wählte erleichtert die Nummer, während er sie hinter einem Baum beobachtete. Zuerst glaubte sie, nicht richtig zu hören. Aber die Stimme wiederholte sich: KEIN ANSCHLUSS UNTER DIESER NUMMER! Sie erschrak – das durfte nicht sein! Sie versuchte es unzählige Male. Aber niemand meldete sich. Sie wusste nicht einmal seinen Namen, geschweige denn die Adresse! Sie zitterte, als sie das Telefonhäuschen verließ. Ihr Mann trat vor sie hin und blickte ihr streng in die Augen: Wo ist die Aktentasche?! Bevor sie ohnmächtig wurde (vorgetäuscht oder auch nicht), deutete sie noch mit weit ausgestrecktem Arm auf eine Nummer, die unter all den anderen Nummern an der Wand des heller-leuchteten Telefonhäuschens am deutlichsten zu sehen war.

Der Zauberlehrling

Der Zauberlehrling hatte endlich seinen drei Seiten umfassenden Brief geschrieben, benötigte aber noch fünf Kopien davon. Mit Computern hatte er nichts am Hut, schrieb viel lieber auf seiner alten ADLER Schreibmaschine, und die würde er niemals hergeben, nicht für viel Geld, war sie doch ein Geschenk seines Großvaters. Aber die Zeit drängte, und die Post schloss pünktlich ihre Schalter. Der Superbilligkopierladen in der Innenstadt kam nicht in Frage. Also wieder rüber zum Zeitungsladenmann, der das Vierfache verlangte? Es blieb ihm nichts anderes übrig. Innerlich sträubte sich der Zauberlehrling dagegen. Nicht nur wegen dem Preis. Der Zauberlehrling hatte dort schon mehrfach Kopien anfertigen lassen, aber jedesmal begann der Zeitungsladenmann seine Vorlage zu lesen, ohne dass er etwas hätte dagegen unternehmen können. Schönes Wetter heute, sagte der Zeitungsladenmann manchmal. Oder: Heute ist es aber wieder kalt! Nur um abzulenken. So wusste der Zeitungsladenmann schon einiges über ihn. Rechnungen, Beschwerdebriefe, Einkommensteuererklärungen oder nur die Kopie eines Zauberrezeptes, welches der Zeitungsladenmann aber zum Glück nicht entziffern konnte. Jedenfalls traute er ihm nicht über den Weg. Trotzdem, er musste zum Zeitungsladenmann hinüber. Also schlüpfte er in seine Jacke und machte sich auf den Weg. Als er die Türe öffnete, stand die Frau des Zeitungsladenmannes im Geschäft. Die war noch schlimmer, die setzte zum Lesen sogar ihre Brille auf! Der Zauberlehrling sagte trotzdem freundlich: Grüß Gott, ich hätte gerne jeweils fünf Kopien. Fünf Kopien, wiederholte die Frau, nahm seine Blätter und verschwand damit in der Ecke. Der spinnt aber wieder, der Kopierer, sagte sie und schielte unauffällig auf seinen Brief. Tatsächlich, jetzt setzte sie ihre Brille auf und schaltete den Kopierer ein, stellte sich breitbeinig mit dem Rücken zu ihm, dass er nicht mehr sehen konnte, was sie machte. Außerdem, fuhr der Zauberlehrling fort, kriege ich noch eine Fahrkarte, und zwar die mit dem Billigtarif! Obwohl er gar keine Fahrkarte benötigte. Moment, sagte die Frau, als sie sah, wie der Zauberlehrling bereits seine Brieftasche öffnete. Sie legte eine Seite seines Briefes in den längst startbereiten Kopierer, kam etwas mürrisch zu ihm vor an die Ladentheke und holte die Fahrkarte aus der Schublade. Als er merkte, dass sich die Frau des Zeitungsladenmannes bereits über die zweite Seite seines Briefes hermachte, rief er: Einmal Lotto, bitte – ich glaube, ich habe etwas gewonnen! Gewonnen, sagte die Frau des Zeitungsladenmannes überrascht, drehte die Seite um und legte sie in den Kopierer. Ja, ich glaube, wiederholte der Zauberlehrling. Obwohl er wusste, dass der Lottoschein längst veraltet war. Jetzt bin ich aber gespannt, meinte die Frau des Zeitungsladenmannes. Ach, sagte sie dann enttäuscht, da ist ja gar nichts drauf, warf seinen Lottoschein in den Papierkorb und machte sich mit großen Schritten an sein drittes Blatt heran, während er schon wieder rief: Ach, dann nehme ich mir eben ein Los! Die Türe öffnete sich, und die Frau des Zeitungsladenmannes drehte sich um, und noch einmal öffnete sich die Türe. Nun legte sie geschwind das dritte Blatt in den Kopierer. Warten Sie, sagte sie, das macht? Moment, entgegnete der Zauberlehrling, die Fahrkarte war ein Irrtum! Und die Frau des Zeitungsladenmannes begann die Kosten für die Kopien und das Los in die Rechenmaschine zu tippen, während sie bereits die wartenden Kunden über ihre Brille hinweg musterte. Als der Zauberlehrling endlich mit seinen Fotokopien aus dem Laden trat, blieb er kurz stehen, und alle Passanten drehten sich nach ihm um, begannen zu schmunzeln. Sie hörten etwas, was sie schon lange nicht mehr gehört hatten: So ein tief von innen heraus kommendes, allesüberwältigendes Lachen.

Der Film

Ein Film, der gelangweilt durch die Straßen einer Stadt lief, blieb vor einem Versicherungspalast stehen und rief: He, alter Kasten, auch du kriegst keine Rolle bei mir, höchstens als Requisite! Vor dem großen Fluss öffnete er seine Geräuschkulisse, dass es klang wie Säbelrasseln. Ha, du stinkiger Bastard, liegst da und lässt dich bewegen von fremden Mächten! In der Kirche holte er den Pfarrer von der Kanzel. Das liebe ich, Mord und Totschlag und ein Kreuz dazu, KAIN UND ABEL, super, aber schau, hier kannst du was lernen, bei mir gibt es keine UNBEFLECKTE EMPFÄNGNIS! Endlich erreichte er das Regierungsgebäude: Kommt raus, Lumpen und Verbrecher am eigenen Volk, ich kann euch gebrauchen, aber nehmt euch in Acht, hier gibt es nichts umsonst! Vor dem Altersheim klaute er einen Krückstock, und im Kindergarten vergriff er sich an zwei kleinen Teddybären. Schließlich stürzte er in ein Nobelrestaurant, motzte die Kellnerin an: He, ein Fünf-Gänge-Menü, hörst du schlecht! Als er fertig war, konnte er sich nicht mehr rühren, rülpste nur noch vor sich hin, und ein paar Gäste verließen fluchtartig das

Lokal. Die Papierleute aber, all diejenigen, die einen Geheimbund geschlossen hatten mit ihm, lobten den Film über alles. Der Filmverschnittverband hängte ihm sogar einen Orden um den Hals und kürte ihn zum FILM DES JAHRHUNDERTS. Selbst jene Zuschauer, die ihn anfangs verflucht hatten, glaubten auf einmal, etwas sei dran an ihm. Obwohl sie wussten, dass es ein menschenverachtender Film war. Sie begannen allmählich, an ihren Werten und Vorstellungen zu zweifeln, weil alles in dem Film verkehrt herum dargestellt wurde. Sie fühlten sich schon als verlorene Überreste einer brutalen, nur noch von Maulhelden beherrschten, entmenschlichten Gesellschaft. Das aber, meinten zwei Kuratoren stellvertretend für den Film während einer vielbeachteten Diskussionsrunde, habe mit ihnen nichts zu tun, überhaupt nichts – das sei alleine deren ihr Problem!

Der Wolf

Die Frau hatte es eilig, stürmte aus der Schnellbahn, wollte zur nächsten, von der sie glaubte, dass sie früher weiterfahren würde als jene, in der sie gesessen war. Da gingen vor ihr die Türen zu. Schnell lief sie zurück. Nun schlossen sich auch diese Türen. Sie begann wütend zu schreien, stampfte mit den Füßen auf. Ein Schaffner wies sie zurecht. Sie ließ sich das nicht gefallen. Von so einem nicht – und ohrfeigte ihn. Der schaltete die Polizei ein. Die drohte mit einer Festnahme. Schließlich machten sie die Frau dingfest, brachten sie ins Krankenhaus, schnallten sie auf einen Stuhl und ließen sie allein. Sie tobte weiter, hörte nicht auf. Den Mund konnte man ihr nicht verschließen. Da trat DER BÖSE WOLF ins Zimmer, vor dem sie schon als Kind Angst bekommen hatte, und sie starb auf der Stelle an Herzinfarkt! Endlich ist Ruhe, dachten die Beamten, traten ins Zimmer, berührten sie zögernd, einer nach dem andern.

Verführung

Der Zauberlehrling hatte per Post einen Zauberspiegel bestellt. Aber er taugte nichts. Das hätte ich mir sparen können, dachte der Zauberlehrling, viel Geld für nichts! Kaum war eine Woche vergangen, wurde sein Briefkasten mit Zuschriften von Firmen überschwemmt, die er gar nicht kannte. Die meisten ohne Absenderangabe. Dafür versehen mit verführerischen Sätzen: STRENG VERTRAULICH! Oder: NUR VOM EMPFÄNGER ZU ÖFFNEN! Manchmal auch: SIE HABEN GEWONNEN – HERZLICHEN GLÜCKWUNSCH – IHR LEBEN WIRD SICH VERÄNDERN! Und alle hatten es auf seinen Geldbeutel abgesehen! Der Brief aber, den er seit Wochen von seiner Freundin erwartete, der war nicht dabei. Als er eines Tages von einem Zauberlehrgang zurückkehrte, wäre er beinahe in Ohnmacht gefallen. Sein Briefkasten war aufgeplatzt! Überall im Treppenhaus lagen diese ekelhaften Briefe. Er sammelte sie auf und sortierte sie. Doch der Brief seiner Freundin war nicht dabei. Nur ein Kuvert fiel ihm auf: MAHNUNG – FÜR DIE RECHNUNG IHRES ZAUBERSPIEGELS! Nun überkam den Zauberlehrling eine große Wut: Über fünfzig

Briefe – und nur einer, der mich wirklich betrifft! So öffnete er sämtliche Kuverts ohne Absenderangabe. Er holte die Antwortkarten heraus, klebte sie auf die Rückseite der Umschläge, schrieb dick und fett darauf: ZURÜCK AN ABSENDER! UNERWÜNSCHTE SENDUNG! Schließlich packte er den Stapel und marschierte damit zum nächsten Postamt, schickte die Briefe zurück, wo sie hergekommen waren. Dann reparierte er seinen Briefkasten. Und er schwor sich, nie mehr Bestellungen per Post aufzugeben.

Sonntag

Kinder, die Äpfel essen. Mütter am Herd. Musik
aus dem Radio. Hundegebell. Eine Eisenbahn
fährt in die Kurve, Leute winken mit Tüchern.
Ein Bauer auf dem Feldweg. Kirchenglocken
läuten den Sonntag ein. Kaum zu glauben.

Als die Welt in Ordnung war

Mutter hat große Eimer an die Lenkstange gehängt. Leere Marmeladekübel sind es, sauber ausgespült und ineinandergeschoben, die kleinen für mich. Und dort steht es: rostfreie Speichen, breite Gummipedale, massiver Gepäckträger. Es blinkt in der Mittagssonne. Am Rahmenrohr, wo einst mein Platz war, ist etwas Lack abgebröckelt. Der Kindersitz liegt jetzt wohlverpackt auf dem Dachboden. Man weiß ja nie, hat Mutter gesagt. Frauen winken von der Straße. Ein Auto fährt vorbei. Nein, so kriegst du nie Luft in den Schlauch. Hier, knick den Hebel um. Und jetzt, fest drücken! So ist es gut. Nun die Kappe aufs Ventil. Ist das Haus abgesperrt, ob es Regen gibt, die Luftpumpe nicht liegen lassen. Ach so, Vater wollte früher zuhause sein, also Schlüssel legen, Zettel schreiben. Nick, der Kater, schleicht um die Ecke, miaut und hüpft auf den Fahrradsattel. Er muss hierbleiben, sagt Mutter. Also geh auf die Wiese, geh Mäuse fangen, geh.

Kleine Wolken hängen am Himmel. Und es ist heiß. Man hört das angenehme Knirschen der Kieselsteine. Manchmal springt einer mit lautem Krachen unter den Rädern fort. Nick läuft neben uns. Komm, sagt Mutter und gibt mir einen Schups, wollen doch mal sehen! An die Kreuzung wagt er sich nicht, läuft durch die Wiese, hinüber zur Hauptstraße.

Unser Dorf ist ein Straßendorf. Seit das Fernsehen darüber berichtet hat, auch das Radio, sind die Leute sehr stolz auf ihre Vergangenheit. Heute gibt es breite Straßen. Und links und rechts Häuser. Eng aneinandergereiht. Einfamilienhäuser meist, sauber und gepflegt. Und jeder kennt jeden.

Vor der Schule treffen wir auf den Herrn Lehrer. Wir haben doch Ferien: Grüß Gott, Herr Lehrer, sage ich und blicke zur Seite. Katja, meine Schwester, ist schon fünf Jahre älter als ich. Ich glaube, sie kennt das nicht mehr.

Die Straßen laufen schnurgerade. Und die Erde ist schwarz. Am Ortsende liegen weit hingestreckt die Kartoffel- und Getreidefelder. Wir radeln vorbei. Mächtige Birkenbäume begleiten uns, und Butterblumen, Schmetterlinge. Plötzlich zweigt die Straße ab, und die Marmeladeeimer klappern. Vor uns zwei Frauen, ebenfalls vollgepackt mit Kübel und

Taschen. Sie reden: Jetzt ist der Nachbarjunge auch gestorben! Vielleicht besser so, der hätte es nur schwer gehabt im Leben. Sein Vater ein Säufer, die Mutter – also wirklich!

Ich kann nicht mehr hinhören und trete in die Pedale, ganz fest, bis mir der Wind durchs Gesicht streicht. Vor dem Bahnübergang bleibe ich stehen. Es ist ruhig. Ringsum Felder, Wiesen. Weit über der Bahnlinie Wald. Ich verstecke mein Fahrrad im Getreidefeld, bücke mich durch die Schranken. Niemand hat mich gesehen. Die Schienen sind heiß. Ich renne weit hinaus. Die Schottersteine klirren. Jetzt ist es weit genug. Am Horizont laufen die Schienen zusammen, die Luft zittert dort. Ich lege mich hin. Ein dumpfes Klicken, das Hauptsignal. Gleich wird er kommen.

Das Donnern der Räder, die Erde bebt, der Wind kämmt das kniehohe Gras, ein leichtes Singen, dann ist alles vorbei.

Beim Abrollen habe ich mir das Knie verletzt. Mit dem Taschentuch halte ich auf die Wunde. Es färbt sich rot. Ich binde es fest und laufe durchs hohe Gras zurück. Wo warst du, fragt die Frau, die ich nicht leiden kann. Versteckt, sage ich.

Die Wunde hat aufgehört zu bluten. Und die Frau sagt: Diese Kinder, diese Kinder! Mutter fährt dann voraus, und ich bleibe weit hinten, fange Gesprächsfetzen auf. Die Frau redet und redet.

Wenn man ein Pfennigstück auf die Schienen legt, vom Zug überrollen lässt und nachher plattgedrückt wiederfindet, darf man sich was wünschen, hat Andreas gesagt.

Der Wald ist angenehm kühl. Ein ewiges Rauschen umgibt uns. Und das Licht hängt wie Spinnweben zwischen den Bäumen. Manchmal ein tiefes Krächzen, ein lautes Hallo, Rascheln im Unterholz, alles ganz nah und doch so fern. Und am Wegrand Grasbüschel wie Haare, Wildbeersträucher, ausgedörrte Tannzapfen.

Der Weg steigt in sanften Schwingen höher, so dass ich langsam schwitzen muss und mein Hemd aufknöpfe. Schließlich sind wir oben. Und Mutter sagt, fahr nur, fahr zu! Und ich jage hinab, und der Wind sirrt in den Ohren, und ich rufe ein wildes Heahea in den Wald hinein, und höre das Geklapper der Marmeladeeimer, und

Gelächter. Und die Röcke flattern im Wind.
Und ich schwinge mich wieder auf den Sattel
und jage hinterher. Und auf einmal sind wir da,
und die Mutter lacht, und die Frauen. Und sie
haben ganz rote Gesichter. Und dann sehe ich
unzählige Fahrräder. Und die Mutter drückt mir
einen Kübel in die Hand: Siehst du die schwarzen Beeren, nein, die großen sind giftig, gut so,
wenn der Eimer voll ist, kommst du wieder.

Schade, dass Andreas nicht dabei sein kann!
Seit einer Woche liegt er krank zu Hause, und
seit einer Woche haben wir Ferien.

Ich muss mich ducken, so tief reichen hier die
Äste, und das Unterholz zerkratzt mir die Beine. Hätte ich doch besser lange Hosen angezogen. Die Wunde beginnt wieder zu bluten. Es
ist nicht schlimm, aber gleich stürzen Fliegen
heran. Ich binde das Taschentuch fest, sehe die
Leute, wie sie mit Tassen, Kübel und Milch-
kannen gebückt umhergehen.

Meine Beeren lassen sich nicht so leicht pflü-
cken. Manchmal zerplatzen sie, und der Saft
spritzt mir über die Finger, färbt sie tiefblau,
wie Tintenkleckse.

Wirfst auch die Beeren lieber in den Mund, statt in den Topf, ha! Ein dralles Mädchen mit roten Haaren stand vor mir, wild zerzaust und mit blauem Mund. Und, wie heißt du überhaupt, bist wohl nicht von hier, so pechschwarze Haare haben unsere Jungs überhaupt nicht! Geht dich nichts an, sagte ich. Bist aber zimperlich! Nein, bin ich nicht! Und das, tut das nicht weh? Lass das, sagte ich. He, ich will dir ja nur helfen, hier, nimm mein Taschentuch, kannst doch nicht rumlaufen so. Rita, wo bist du – rief eine Frau. Und das Mädchen lief weg.

Die Leute waren fleißig, viele von ihnen hatten schon zwei drei große Kübel voll. Plötzlich stand sie wieder vor mir: Hier, versuch mal, sind Himbeeren, viel besser als Heidelbeeren! Und sie hielt ihre Hand auf. Dann stand sie plötzlich hinter einem Baum und rief: Und, haben die Beeren geschmeckt, sag jetzt, haben die Beeren geschmeckt?! Jaja, sie haben geschmeckt! Was denn, hast du nicht gemerkt, dass unter ihnen Waldbeeren waren? Waldbeeren, rief ich und spuckte aus. Ha, angeschmiert, die sind gar nicht giftig, wollte nur mal sehen, ob du was drauf hast! Komm mir nicht mit solchen Sachen, sagte ich. Ach was, war doch nur ein Spaß! Du, sagte ich. Ach komm jetzt, sagte sie, ich zeige dir den Platz, wo die Waldbeeren wachsen, die brauchen viel Sonne! Ich will nicht, sagte ich. Feigling, sagte sie. Von wegen! Dann komm schon, und ich zeige dir auch mein Versteck. Du und ein Versteck! Ja, mein Schloss dort hinten, siehst du es nicht? Du spinnst ja, sagte ich. Du hast nur Angst, rief sie und packte mich am Arm. Nein, hab ich nicht! Dann lief sie vor mir her, und ich sah, dass sie seltsam hüpfte. Was ist, fragte ich. Nichts, sagte sie und zeigte auf den Boden, schau, hier sind Waldbeeren, siehst du, viel kleiner sind sie, und ihr Rot ist auch anders, merkst du den Unterschied? Tatsächlich, sagte ich. Und jetzt, fragte sie, willst du mein Versteck sehen? Vielleicht, sagte ich. Und wir nahmen uns bei der Hand und streiften durch wirres Gestrüpp, und oft mussten wir uns bücken und stehen bleiben. Und einmal verfingen wir uns in einem dürren Ast und fielen hin, und jetzt merkte ich erst, dass etwas mit ihren Schuhen nicht stimmte. Trägst du immer zweierlei Schuhe, fragte ich.

Am Waldrand waren die Felder, und weit draußen Häuser und Gärten. Dort wohne ich, sagte sie, und das ist mein Versteck, schau! Es war eine kleine Hütte aus Holz, mit einem Zahlenschloss am Eingang. Sieht wackelig aus, sagte ich. Schließlich öffnete sie mir die Tür: Am Boden dicke Dachpappe, ein Tisch, zwei Stühle, und an der Wand ein Regal. Nicht schlecht, sagte ich. Und sie strahlte und sagte, das ist mein Versteck! Und ich leerte den ganzen Kübel auf den Tisch, und wir lachten und schmatzten. Und sie sagte, wenn du willst, kannst du wiederkommen!

In der Küche brannte schon Licht. Mutter stellte die schweren Kübel auf die Treppe, und Nick kam durch die Haustür, schmiegte sich an meine Beine. Hast du das Mädchen im Wald gesehen, fragte ich Mutter. Aber sie war schon in der Küche.

Dann konnte ich lange nicht einschlafen, starrte immer wieder auf das Bild mit Abendrot an der Wand. Und dann habe ich von Blut geträumt, und von Eisenbahnen, und von Leuten, die nicht mehr aufhören konnten zu reden, und dann war ich selbst diese Leute, und ein furchtbarer Schrei hat mich aus dem Traum gerissen. Und dann war schon die Morgensonne auf meinem Bild, und die Vögel schwatzten, und auf der Straße war Lärm, und die Mutter rief Kaffee, und ich rannte hinaus, und nahm meine Schuhe –

Müller

Kennen Sie den Müller. Welchen Müller? Na, den Müller, Sie wissen schon! Nein, weiß ich nicht. Tun Sie bloß nicht so, als würden Sie den Müller nicht kennen! Ach, Sie meinen den Müller – vom Büro. Nein, den Müller von der Sparkasse! Wenn Sie den Müller meinen, der ist schon lange tot. Sie kennen Ihn also? Nein, das hab ich jetzt nur so gesagt.

Das Unglück

Etwas war nicht in Ordnung, und sogleich blieb das Motorrad stehen. Kurz vor einer Tankstelle. Der Mann schob die Maschine, während die Frau neben ihm herging. Er zündete sich eine Zigarette an, und der Verkäufer meinte, nicht weiter schlimm. Na also, entgegnete der Mann und trat mit einem kleinen Kanister wieder ins Freie. Die Frau sagte etwas, was er nicht verstand. Er nahm seine Zigarette aus dem Mund, ließ die Frau stehen und drehte den Tankdeckel seines Motorrades auf. Er kippte den Inhalt des kleinen Kanisters hinein, murmelte etwas dabei und verschloss den Tank. Dann hielt er sich die Hand unter die Nase, roch daran. Es kann weitergehen, rief er und nahm das Motorrad wieder in beide Hände. So ein Glück, sagte die Frau.

Mythos

Der reiche Mann ging durchs Leben. Es war wunderschön und voll Sonne, nur bemerkte er es nicht. Er fand eine Landschaft, schattig und grün. Als er sich umblickte, meldete sich eine Stimme: Siehst du nicht die angehäuften Reichtümer, das Falsche hier im Gestein, nichts als Diebe, Heuchler und Schlangen. Sein Geist widersprach: Du bist der Reiche, der Schlaue, dir gehört die Welt! Lachen will ich und leben, flüsterte die Stimme. Da sprach sein Herz: Warte, bis du eine gefunden hast, die an dich glaubt, die dich liebt. Der reiche Mann ging umher, begutachtete die Landschaft. Idealer Platz für neue Geschäfte! Den Abgrund bemerkte er nicht.

Das schwarze Telefon

Der Zauberlehrling hatte unzählige Adressbücher. Jedesmal wenn er etwas suchte, wusste er nicht, wo anfangen. Obwohl er schließlich doch immer fand, was er suchte. Er redete sich das nur ein. Du musst dich organisieren, meinte ein Bekannter, den er am Telefon um Rat fragte, Freiräume schaffen. Ich habe einen Computer, wenn du willst, klopfe ich dir deine Adressbücher rein, dass es nur so rauscht, vorwärts oder rückwärts, wie du willst, und es kostet dich nicht mal einen Hunderter! Der Zauberlehrling überlegte. Würdest du das auch mit meinen Zauberrezepten machen? Die verstehst du zwar nicht, aber trotzdem, wenn das so ruck zuck geht, wie du sagst, wäre das bestimmt kein Problem. Moment, entgegnete der Bekannte, ich muss meine Aufträge durchsehen. Ja, rief er dann, nächstes Jahr, im Sommer vielleicht! Es eilt, meinte der Zauberlehrling. Da muss ich passen, entgegnete er, tut mir leid, nächstes Jahr, wie gesagt, ruf mich einfach an! Er tat sehr geschäftstüchtig, hatte kaum noch Zeit für den Zauberlehrling. Der meinte nur, macht nichts, kein Problem, und legte den Hörer wieder auf. Im wahrsten Sinne des Wortes. Der

Zauberlehrling hatte nämlich noch so ein ur-
altes Telefon aus Bakelit mit Wählscheibe und
Schnur, und es stand ganz weit hinten auf seinem Schreibtisch. Irgendwann, dachte er, kaufe
ich mir doch noch so einen Computerkasten!
Aber das dachte er schon seit zehn Jahren.

Plastiktüten

Zwei Agenten, die sich zu bewähren hatten, waren auf der Suche nach einem Verbrecher, der allseits bekannt war als DER MANN MIT DEN PLASTIKTÜTEN. Sie fuhren mit ihrem Wagen auffallend langsam durch die Stadt. Dabei bemerkten sie einen Passanten, der, seine Hände an die Hosennaht gepresst, kerzengerade hin und her marschierte. Sie hielten an und fragten: Warum gehen Sie so geschmerzt durch die Straßen, haben Sie etwas zu verbergen – wo sind die Plastiktüten! Bauchweh, antwortete der Mann. Das können Sie Ihrer Oma erzählen, meinte der Agent, der mit seinem Vollbart aussah wie ein Holzfäller. Sein Kollege, glattrasiert und etwas schüchtern wirkend, fragte den Mann nach seinen Papieren. Der konnte sich aber ausweisen, hatte einen festen Wohnsitz und Arbeit – in einer Bank! Der Pförtner, nicht weit von ihnen entfernt, grüßte den Mann bereits beflissen am Eingang. Aha, meinte der Glattrasierte. Das Holzfällergesicht sagte streng: Gehen Sie weiter! Seltsamer Kauz, meinten sie, als sie wieder in ihren Wagen stiegen, womöglich der Vorstand! Du, fragte der Glattrasierte, haben wir heute Montag oder

Dienstag? Dienstag, sagte sein Kollege und zupfte sich an der Nase, heute gibt es Kaffee und Kuchen bei Sabrina! Was meinst du, fuhr der Glattrasierte fort, ob das wohl stimmt mit dem Mann? Ach was, unterbrach ihn das Holzfällergesicht, fahren wir! Ich weiß nicht, entgegnete der Kollege, ich traue der Sache nicht, vielleicht war es doch der Mann mit den Plastiktüten. Wenn und überhaupt, lachte das Holzfällergesicht, bin ich der Plastiktütenmann, schau, hier sind sie! Sein Kollege erschrak. Es waren genau die Plastiktüten, die sie suchten. Nur ohne Inhalt. Gestern auf meinem Nachhauseweg gefunden, sagte das Holzfällergesicht, leider war niemand zu sehen. Stimmt das, fragte der Kollege. Natürlich, hab dich nicht so, erwiderte das Holzfällergesicht, den Kerl kriegen wir schon, der zu unseren Plastiktüten gehört! Schau, fuhr er fort, dort drüben, der könnte es sein oder der mit dem Fahrrad. Vielleicht ist es auch eine Frau, meinte der Glattrasierte, die Personenbeschreibung passt ja fast auf jeden Menschen! Du hast recht, entgegnete das Holzfällergesicht, lehnte sich zurück und rief: Da drüben ist er! Sie stürmten aus dem Wagen, machten den Mann dingfest und brachten ihn aufs Präsidium. Gute Arbeit, meinte der Chef, weiter so! Natürlich, entgegneten sie und setzten sich in den Wagen, fuhren Richtung Sabrina. Die Plastiktüten, rief der Glattrasierte, die Plastiktüten! Herrgott, meinte das Holzfällergesicht, warum sagst du das erst jetzt! Sie kehrten um und rasten ins Präsidium zurück. Alle Autofahrer machten ihnen Platz. Nur der Streifenwagen nicht, der an der Kreuzung um die Ecke bog. Halt dich fest, warnte der Glattrasierte und trat mit beiden Füßen auf die Bremse. Scheiße, rief das Holzfällergesicht.

Der Platz

Jahrelang bekam der Mann von seiner Frau zu hören: Ich sehe nur deinen Rücken, immerzu sitzt du an deinem Schreibtisch, und ich sehe nur deinen Rücken! Eines Tages hatte der Mann das Gerede satt und setzte sich mit seinen Papieren in die Küche. Jetzt konnte sie ihn nicht mehr sehen. Weder seinen Rücken noch was er gerade machte. Bitte, setz dich wieder hin, wo du hingehörst, sagte sie, damit ich dich sehen kann. Er tat, was sie wünschte, musste sich auch keine Vorwürfe mehr anhören. Trotzdem fand er sich des öfteren in der Küche ein, kehrte aber, wenn er sie nicht mehr hörte, an seinen angestammten Platz zurück. Dort blickte er sich um und arbeitete zufrieden weiter. Nur manchmal fragte sie noch: Alles klar in der Küche?

Fünf Kinder

Die Nachbarin meines Freundes hat fünf Kinder. Im Gegensatz zu ihr sind sie sehr ausgelassen, frech, seiner Nachbarin nicht aus dem Gesicht geschnitten. Jeden Tag stellen sie sich herausfordernd vor ihm hin und grinsen, bis er ihre Blicke nicht mehr aushält. Gestern hielt er sie aus, und er sagte zu seiner Nachbarin: Eine schöne Brut hast du beisammen! Seitdem fühlt er sich wohler.

Der alte Mann

Der Mond hat sieben Türen, sprach das Kind.
Ich lebe nicht hinter dem Mond, erwiderte der
Mann. Du hast keine Ahnung, meinte das Kind,
wenn der erst mal seine Hintertüre aufmacht,
beginnen die Menschen zu wackeln. Von wegen wackeln, sagte der Mann. Ja, wenn der
Mond wirklich wollte, könnte er die ganze Welt
überschwemmen, aber er hat Mitleid mit uns,
vor allem mit den alten Leuten. Ich bin nicht alt,
entgegnete der Mann. Für ganz Alte, sagte das
Kind, macht er die Vordertüre auf, dort können
sie hineingehen! Und das Kind verschwand wie
es gekommen war. Blödsinn, dachte der alte
Mann, drehte sich auf die andere Seite, und
konnte doch nicht einschlafen. Seine Gedanken
begannen um den Mond zu kreisen, um die
Erde, um alte Leute. Schließlich träumte er,
durch eine große weite Türe zu gehen. Alle
Menschen machten ihm Platz, verbeugten sich
und riefen: Wo warst du denn die ganze Zeit!

Das Haarwasser

Anfangs sagte die Frau zu ihrem Mann: Deine Haare riechen aber gut! Nach zehn Jahren meinte sie: Kauf dir ein anderes Haarwasser! Als sie ins Alter gekommen war, fragte sie: Weißt du noch den Namen des Haarwassers, das du früher so gerne benutzt hast? Natürlich, sagte der Mann, das gibt es aber nicht mehr.

Der kleine Stefan

Der kleine Stefan tanzt gerne aus der Reihe. Das hängt mit seinem Temperament zusammen, sagen die einen. Die anderen meinen, das sei Vererbung. Mir egal, ich mag den kleinen Stefan, so wie er ist. Die meisten Leute können sich gar nicht vorstellen, dass der aus der Reihe tanzt. Aber dann rufen sie: DER TANZT JA AUS DER REIHE! Das haben andere auch schon gemacht, sage ich, ganz normal. Jetzt reicht's aber, ruft ein Mädchen: DER TANZT SCHON WIEDER AUS DER REIHE! Da geht der kleine Stefan allmählich in die Reihe zurück, obwohl er weiß, dass mich das gar nicht stört.

Der Verliebte

Zu jener Zeit, als das Geld und das Haus und das Ansehen eines Menschen mehr zählten als seine Gefühle, lebte ein Mann unter ihnen, der Gitarre spielte. Er fühlte sich sehr überflüssig, einfach fehl am Platz. Das machte ihn traurig. Woher kommt es nur, dachte er, dass ich nicht mehr lachen kann, als Kind habe ich so gerne gelacht, aber je älter ich werde, um so mehr vergeht mir das Lachen. Die Menschen sind schuld, dachte er, die Menschen, besonders dann, wenn er mal wieder vergeblich versucht hatte, ein Gespräch mit ihnen zu beginnen. Er wollte doch so gerne sprechen, sich unterhalten und lachen. Aber niemand, so schien es, zeigte wirklich Interesse an ihm, auch nicht an seiner Gitarre. So kam es, dass er eines Tages einen Nagel in die Wand schlug, die Gitarre aufhängte und ein Geschäft für Versicherungen aufmachte. Er war sehr verzweifelt. Er hatte die Hoffnung schon aufgegeben, einem Menschen zu begegnen, den man verstehen, für den man auch etwas empfinden könnte. Er sprach jetzt von Sicherheiten, Bausparvertrag, Eigenkapital und so Sachen, und er spielte nur selten noch auf der Gitarre. Aber das war nicht sein Leben, und es machte ihn krank.

Eines Tages ging er ins Freibad. Er wollte sich sonnen, ins Wasser springen, insgeheim auch die Menschen studieren, die ihm so glücklich und zufrieden erschienen. Er stellte sich unter die Dusche, trat wieder ins Freie und sah *sie*. Wie gebannt blieb er stehen, wischte sich über die Augen und übers ganze Gesicht. Er atmete tief – ging endlich an ihr vorbei. Sein Herz blieb fast stehen. Alles an ihr erschien ihm wertvoller als alle Reichtümer dieser Welt. Er wartete, ob da jemand kommen würde, setzte sich abseits, blickte verstohlen zu ihr. Aber niemand kam. Nur so ein hochnäsiger Kerl blieb einmal vor ihr stehen und erzählte ihr nichts als Lügen. Dabei dachte er, wie schwierig es doch sein musste, einen ehrlichen Menschen zu finden, wenn man so schön war wie sie! Mit einem tiefen Schmerz ging er nachhause. Er machte sich Vorwürfe, weil er es nicht war, der sie angesprochen hatte. Er schimpfte sich selbst einen Feigling, einen Versager. Er mochte vergehen vor Schmerz.

So verging die Zeit, und er traf sie nicht mehr. Doch er war zuversichtlich. Er dachte: Ich habe sie gesehen! Ich weiß, dass es sie gibt! Und er malte sie in den schönsten Farben aus. Es ist noch ein Mädchen mit edlem Charakter, dachte er, aufrichtig und klug, klüger als all die Gelehrten, die doch nur stolz und selbstsüchtig waren. Manchmal, wenn er ausging, stellte er fest, dass kein Mädchen ihr vergleichbar war. Diese Mädchen waren nur alberne Ziegen, die sich Lügen erzählten, blaue Ringe in die Luft pafften und sehnsüchtig auf einen Jungen warteten, der ihnen die Sterne vom Himmel holte – und die Sterne waren für sie nur ein dicker Wagen, ein Haus und ein Ring und lauter dumme Sprüche. Sie aber war doch ganz anderer Art, gemeinsam mit ihr würde man sich noch freuen können, am prächtigen Farbenspiel der Sonne zum Beispiel. Mit ihr würde man noch anregende Gespräche führen. Gespräche wären das, was einem Vertrauen schenkte für die Zukunft. Mit diesen Mädchen aber, was konnte man mit denen schon reden!

Die reiche und eitle Frau eines Pelzhändlers, die jedes Mal, wenn sie ihn auf der Straße sah, geheimnisvoll mit den Augen zwinkerte, wollte plötzlich ihr Geschäft versichern. Nein, sagte sie, mein Mann hat heute keine Zeit, auch ist mir der Tag viel zu schön, als dass ich zuhause wäre, kommen Sie doch ins Schwimmbad, dort können wir den Vertrag abschließen, ich liege auf der großen Wiese! Als er ankam, rief sie gleich: Hallo, hierher, kommen Sie! Bald aber musste er feststellen, dass nichts los war mit ihr. Sie sagte immer nur: Wenn und aber und wenn? Bis er keine Lust mehr hatte, einfach ins Wasser sprang. Er durchquerte das Becken in einem Zug. So schnell war er noch nie geschwommen. Nicht schlecht, dachte er, und erschrak. Das Mädchen war wieder hier! Er rieb sich die Wasserperlen aus den Augen und starrte sie an. Wie geblendet ging er zu ihr, setzte sich auf die Mauer, wo die Rosen blühten. Aber sie bemerkte ihn nicht. Ich muss etwas tun, ich muss es ihr sagen, dachte er. Er pflückte eine Rose, ließ sich von der Mauer gleiten und legte die Rose neben ihr hin. Darf ich Ihnen eine Rose schenken, fragte er, ich glaube, sie passt gut zur Farbe Ihres Höschens. Verwundert blickte sie ihn an. Nein, sie passt nicht, entgegnete sie, da haben Sie sich aber getäuscht! Was hatte er nur gesagt, sogleich entschuldigte er sich: Es war nicht böse gemeint, ich dachte nur, die Rose würde gut zu Ihnen passen. Oh, Verzeihung, rief das Mädchen, ich muss jetzt nach Hause! Bitte, sagte er, nehmen Sie doch die Rose mit, sie ist schon ganz müde, geben Sie ihr etwas Wasser. Machen Sie das,

fragte er. Ja, sagte sie und kleidete sich an.
Kommen Sie heute noch einmal, fragte er. Vielleicht, entgegnete sie, und er musste sie immerzu ansehen, so schön war sie. Als sie tatsächlich zurückkam, sprachen sie miteinander,
als hätten sie sich schon Jahre gekannt. Er war
ganz aus dem Häuschen, rief immerzu: Ihre
Augen, Sie haben so wunderschöne Augen, Ihr
Haar, und Ihr Mund – darf ich Sie einmal foto-
grafieren, bitte! Er hörte nicht auf mit diesem
Gerede, er erschreckte sie so, dass sie einfach
wegging von ihm. Was habe ich nur getan,
dachte er, ich habe alles zerstört! Er war so verwirrt, lief über die Wiese zum Ausgang, und
wusste nicht mehr weiter.

Die Geschichte begann beängstigende Formen
anzunehmen. Das Mädchen wusste wohl, wie
es um ihn stand, aber sie glaubte ihm nicht. Sie
wollte ihn prüfen. Natürlich, er würde wiederkommen. So umgab sie sich mit Freunden, beobachtete ihn, wenn er näherkommen wollte.
Und er begann für sie etwas zu schreiben, aber
auf dem Papier standen nur Sätze, als habe er
eine Sache beendet, der er längst überdrüssig
geworden sei. Dabei träumte er, sie schon einmal gesehen zu haben, da waren sie Kinder,
ihre Eltern waren getrennt, ihr Vater kam nie

mehr zurück, jetzt aber waren sie älter, nein, das stimmte ja nicht, nur er, oder wie lange lag das zurück? Er rannte hinaus in die Nacht, wünschte sich ganz weit fort. Er dachte daran, wie alt er war. War das ein Hindernis? Er musste sie sehen, mit ihr sprechen – aber wohin? Alles was er fand, war ein kleines Hündchen. Dummer Hund, rief er, was läufst du hinter mir her, wo ich nichts will von dir! Und die Sehnsucht wurde unerträglich, er dachte so sehr an sie, dass sie wirklich bei ihm war. Da blickte er sie an. Sie hielt ihre Hand an die Stirn und fragte: Was habe ich nur geträumt? Und er wich keine Minute von ihrer Seite.

Völlig unerwartet wurde er zum Versicherungsdirektor bestellt. Er verspätete sich, wollte sich nicht melden. Schließlich öffnete er die Türe, und warf seinen Aktenkoffer auf den Tisch. Der Versicherungsdirektor meinte, er solle sich anständig benehmen: Seit einiger Zeit verfolgen wir Ihre Statistik, was stellen wir fest, Sie schreiben keine Verträge mehr, die Kundschaft beschwert sich über Sie, was haben Sie zu sagen, bitteschön? Er hatte nichts zu sagen. Er schloss die Türe hinter sich, draußen wartete schon das Hündchen. Was willst du, rief er, geh fort! Er hatte nichts mehr, woran er sich hätte freuen können. Das Mädchen – wie oft hatte er zu ihr gehen, mit ihr sprechen wollen. Immer nur war sie aufgestanden und weggelaufen. Dieses Gehabe und Getue, das ihn glauben ließ, schlechter zu sein als die anderen, machte ihn krank. Er wollte sich nicht mehr rechtfertigen. War das, was er gesagt hatte, wirklich so schlimm? Es war ehrlich, so wie er fühlte! Wie hatte er sie einmal geliebt – wie liebte er sie noch immer! Plötzlich versperrte er den Leuten den Weg, er fragte: Wohin gehen Sie eigentlich? Was versprechen Sie sich noch vom Leben? Haben Sie Geld? Glauben Sie an die Zukunft? Und worin, wenn man fragen darf, begründet sich Ihr Glaube? Als sich das Wetter verschlechterte, wurde er krank. Er hustete, bekam Fieberträume, begann endlose Briefe zu schreiben, Briefe an den Minister: Er allein sei schuld, dass er krank geworden sei, in seiner Macht stünde es, normal denkende Menschen heranzubilden, keine Monster, an denen man zu Grunde gehe, seine einzige und wahre Liebe habe er zerstört, von wilden Tieren fühle er sich umgeben, niemand könne mehr einen Regenbogen deuten, geschweige denn die Milchstraße, abgestumpfte Kreaturen, wohin man sehe, er verlange Schadenersatz, sofortige Heilung seiner Krankheit! Der Herr Minister aber ließ sich entschuldigen. Er habe keine Zeit, hieß es, er habe Wichtiges zu tun!

Jeden Tag kam das Hündchen an die Türe. Er verfluchte es. So was von Treue gibt es nicht mehr auf der Welt, rief er, geh zum Teufel! Das Hündchen aber kam wieder, es kratzte an der Türe und bettelte. Du, dummer Hund, rief er, wie soll ich dir helfen, wo ich im Bett liege! Die Krankheit verschlimmerte sich so, dass er wirklich nicht mehr aufstehen konnte. Die Wangen fielen ihm ein, das Gesicht wurde kreidebleich, und er war ganz allein. Nur das Hündchen kam wieder. So lange, bis er eines Abends einen Traum hatte, einen geheimnisvollen, mysteriösen Traum. Er träumte, das Hündchen geworden zu sein. Er hatte gelernt, er lief niemandem mehr hinterher! Er hielt sich mit Vorliebe neben Versicherungspalästen auf, wühlte in Mülltonnen, zwang jede Katze zur Flucht – galt als sehr gefürchtet und ehrbar unter seinesgleichen. Auf der Suche nach neuen Duftmarken kam er plötzlich einer Sache auf die Spur, die ins Schwimmbad führte, genau auf ein Mädchen zu, das Ausschau hielt nach jemandem, der sich nicht zeigte. Er hätte sich ihr am liebsten vor die Füße geworfen, gejault und gejammert, ihr Mitleid erregt, nur seine Selbstachtung verbat ihm diesen Unsinn. Er trottete gelangweilt an ihr vorbei, schnupperte flüchtig an einer Rose, ließ sich schließlich am Wasser nieder. Nein, was für ein Leben, dachte er, der Junge dort sprang einfach ins Wasser, ohne sich abzuduschen, und die Frauen mit ihren fetten Ärschen, die sollten sich was schämen! Ach, du mein kleines Hündchen, was machst du hier so allein, flüsterte das Mädchen, hast du niemanden? Und zwei zarte Hände begannen ihn zu kraulen. Wie schön das war! Er blickte zu ihr empor, als wollte er sagen: Bei dir bleib ich für immer! Aber dann entwischte er ihr, dass sie bettelnd hinter ihm herlief: Bitte, komm doch zurück! Er dachte nicht daran, wer war er denn, sollte sie sich doch einen anderen suchen – viel zu aufdringlich. Er warf seinen Kopf in den Nacken, stolzierte zum Ausgang, und alle Menschen machten ihm Platz.

Aus purer Langeweile, aber auch, um der Sache näher auf den Grund zu kommen, trottete er wieder ins Schwimmbad. Er fand sich am alten Platz ein. Die fetten Ärsche waren wieder hier, der Junge sprang weiter ungeduscht ins Wasser. Die lernen es nie, dachte er, die nicht! Da bist du ja endlich, wo warst du denn die ganze Zeit, rief das Mädchen. Sie kraulte ihn liebevoll am

Ohr. Mein Gott, war das schön! Weißt du, flüsterte sie, ich habe etwas gefunden, einen Namen, Prinz, wie gefällt dir das, mein Prinz! Mein Prinz, dachte er entsetzt, und riss sich wieder von ihr los, flüchtete über die Wiese, hinaus zum Ausgang.

So ging das wochenlang, immer entwischte er ihr, bis eines Tages ein Unglück geschah. Wieder auf der Flucht, verknackste er sich die Vorderpfoten dermaßen, dass es nur noch ein Kinderspiel war, ihn ins Körbchen zu betten und mit nach Hause zu nehmen. Überglücklich rief nun das Mädchen: Mein Liebling, mein Prinz, endlich gehören wir zusammen! Und sie streichelte und liebkoste ihn. Da war aber das Hündchen schon tot.

Gedanken

Der Mann, dem stets seine Gedanken aus dem Kopf fielen, bückte sich und begann seine Schuhe zu schnüren. Eine Frau kam des Weges und blickte erschrocken zu Boden: DIE SOCKEN TREIBEN MICH NOCH ZUM WAHNSINN! Ganz verwirrt ging sie weiter. Das passiert mir nicht mehr, dachte der Mann und spreizte seine Zehen im Schuh. Schon ging ein Kind vorbei und rief belustigt: DAS PASSIERT MIR NICHT MEHR! Der Mann versuchte nun, größere Schritte zu machen, einfach an nichts mehr zu denken. Er blieb stehen, bückte sich, versuchte seinen Kopf gerade zu halten. Nichts war geschehen. Beim Weitergehen verspürte er nur einen leichten Druck im Hals.

Schock

Hey, keep cool, sagte der Junge, pass auf, dass du dir nicht auf die Latschen trittst, das könnte echt ätzend werden! Der Mann blieb verwirrt stehen und blickte zu Boden. Er dachte so etwas wie: Blödmann! Sagte aber nur: Schauen Sie mal, da oben fliegt ein Marsmensch. Was soll die Verarsche, entgegnete der ziemlich blass aussehende Junge. Der Mann merkte, dass mit ihm nicht zu spaßen war. Der Junge hatte zwei Ringe in der Nase und eine Perle in der Zunge, die unaufhörlich hervorschnellte, wie bei einer Eidechse. Eidechsen sind ja harmlos, dachte der Mann. Aber der da? Er suchte nach einem guten Abgang, fand ihn aber nicht. Noch Fragen – meinte der Junge und blickte ihn fast mitleidig an. Nein, entgegnete der Mann, aber hier geht es doch zum Oktoberfest? Erst zu Hause fiel ihm wieder ein, was er alles noch zu ihm sagen wollte: Arbeitslos, ha! Oder: Wo wohnt deine Großmutter? Vielleicht auch: Weißt du, wieviel drei Mal neun geteilt durch siebzehn ist?! So was fällt einem natürlich erst ein, wenn es zu spät ist, dachte der Mann. Jedenfalls bin ich jetzt schon mal vorbereitet und kann mich, bei gegebener Situation, auch dementsprechend verhalten!

Der Zeppelin

Ein Freund machte einen Freund darauf aufmerksam, dass jeden Abend ein hellerleuchteter Zeppelin lustige Botschaften am Himmel verbreite. Er sei gestern Abend mit seinem Hund spazieren gewesen, und alle Leute hätten in den Himmel geschaut. Er, der sich nicht so schnell aus der Ruhe bringen lasse, habe auch hinaufgeschaut. Er habe die verrücktesten Sachen gesehen. Also hat sein Freund am Abend auch hinaufgeschaut. Tatsächlich kam ein hellerleuchteter Zeppelin um die Ecke gefahren. Seltsam anzusehen: ein hellerleuchteter Zeichentrickfilm am Himmel. In Leuchtbuchstaben erschien eine Anzeige: JUNGE FRAU SUCHT ALTEN PINSEL – ADRESSE FOLGT. Doch die Adresse folgte nicht. BLEIBEN SIE DRAN, hieß es dann. PAMELA GRÜSST SABRINA! PAMELA GRÜSST SABRINA! HAUSAUFGABEN SCHON GEMACHT? Und der Zeppelin war wieder verschwunden. Gerade rechtzeitig, denn im Fernsehen begann jetzt ein Krimi, den sich der Freund unbedingt ansehen wollte. Aber der Film taugte nichts. Enttäuscht schaltete der Freund den Kasten wieder aus, schlüpfte in seinen Mantel und drehte noch eine Runde um den

Block. Nach einer Weile blieb er stehen und schaute in den Himmel, obwohl dort nichts zu sehen war.

Veränderung

Alle Menschen, die ich von früher her kenne, haben sich zu ihrem Nachteil verändert, sagte die Frau, außer dem einen, der hat eine Haut wie ein Elefant, den berührt nichts und hat nie was berührt, der war so und bleibt so, hingegen die anderen, ich darf nicht daran denken! Die Frau, die das sagte, machte einen zufriedenen Eindruck, fügte aber hinzu: Ich bin auch nicht mehr die, die ich einmal war.

Das Loch

Hat jemand von euch ein Messer oder eine Schere?! Die Mitarbeiter im Großraumbüro erschraken, so laut hatte die Frau gesprochen. Der halbabgerissene Teppichfussel, dort drüben bei Herrn Maier, stört mein ästhetisches Empfinden – ich kann ihn nicht mehr sehen! Herr Maier zuckte zusammen, und die Frau erhielt ihr Messer. Herr Maier musste aufstehen, seinen Aktenkoffer, auch seine Plastiktüten, die er dort abgestellt hatte, zur Seite räumen. Die Frau bückte sich, und mit einem Ruck war der Teppichfussel verschwunden. Daraufhin stellte Herr Maier seinen Koffer wieder von links nach rechts, auch seine Plastiktüten. Er blickte zu Boden und bemerkte ein riesengroßes Loch! Aber Herr Maier konzentrierte sich wieder auf die Arbeit. Sagen wollte er heute noch nichts.

Übereinkunft

Die kleine Maus trat ins Besprechungszimmer und sagte: Grüß Gott, Herr Bankdirektor, ich bräuchte einen Kredit! Nehmen Sie Platz, entgegnete der Bankdirektor. Die kleine Maus blieb vor ihm stehen. Der Bankdirektor griff zum Telefon, ließ sich mit dem Kreditexperten verbinden. Seltsamer Fall, dachte er. Doch der Kreditexperte war verhindert. Sie wünschen, fragte der Kreditsachbearbeiter stellvertretend für den Kreditexperten und schloss die Türe hinter sich. Der Bankdirektor blickte ihm streng in die Augen. Machen Sie etwas Ordentliches daraus, sagte er und zeigte auf die kleine Maus. Aber bitte keine Rückfragen! Der Kreditsachbearbeiter, der gestern Abend Streit mit seiner Frau gehabt hatte, musste heute den Kreditexperten vertreten, der sich wegen einer lächerlichen Grippe entschuldigen ließ. Setzen Sie sich, sagte er zu der kleinen Maus. Die hüpfte auf einen Sessel und wäre beinahe darin verschwunden. Was führt Sie zu mir, fragte der Kreditsachbearbeiter. Er dachte an seine Frau, die gestern von ihm verlangt hatte, weniger Überstunden zu machen! Entweder ich, sagte sie, oder die Bank! Er wollte sich rechtfertigen, doch sie hatte gleich darauf die Wohnung verlassen. Er fragte die kleine Maus nach ihren Sicherheiten. Der Kreditsachbearbeiter konnte das Wort Sicherheiten nicht mehr hören, es verursachte ihm Kopfschmerzen, wuchs ihm schon zum Hals heraus. Jede Menge Häuser, rief die Maus, und Grundbesitz von meinem Vetter, dafür habe ich Generalvollmacht! Welche Lage, fragte der Kreditsachbearbeiter. Westend, entgegnete die kleine Maus, dort wo Ihr Chef wohnt, allerbeste Lage! Der Kreditsachbearbeiter glaubte plötzlich einen Elefanten vor sich zu haben. Ich weiß, was Ihr Chef über Sie erzählt, fügte die kleine Maus hinzu. In dem Moment trat die charmante Sekretärin des Direktors ins Zimmer, fragte den Kreditsachbearbeiter, ob er sie benötige. Die kleine Maus blickte aufgeregt aus ihrem Sessel hervor, und der Kreditsachbearbeiter lächelte. Die Sekretärin blieb im Zimmer stehen. Der Kreditsachbearbeiter antwortete nicht, blickte die kleine Maus an, die plötzlich eine Giraffe geworden war. Haben Sie heute noch etwas vor, fragte der Kreditsachbearbeiter die Sekretärin. Eigentlich nicht, entgegnete sie. Der Kreditsachbearbeiter blickte an ihr vorbei. Er wusste mehr als der Direktor und sämtliche Experten für Kreditwesen zusammen, hatte sich das aber nie raushängen lassen. Ich glaube, ich weiß, was Sie denken, meinte die Giraffe, die wieder zur kleinen Maus geworden war, ich bekomme den Kredit – beste Lage, Westend, und Sicherheiten jede Menge! Eigentlich, sagte der Kreditsachbearbeiter, wollte ich heute noch Essen gehen, schon gehört von dem neuen Italiener im Westend, soll gute Referenzen haben? Der wäre zu empfehlen, meinte die Sekretärin. Kommen Sie, fragte der Kreditsachbearbeiter. Natürlich, erwiderte die kleine Maus. Weder der Elefant noch die Giraffe hatten etwas einzuwenden. So machten sie sich auf den Weg ins Restaurant. Vor dem Bankgebäude stand zufälligerweise der Chauffeur neben seiner blankgeputzten Limousine, öffnete mit einer höflichen Geste die Wagentüre. Der hatte seiner Frau bereits Bescheid gegeben, dass es heute wieder später werden würde.

Fingerabdrücke

Als ich unsichtbar war, träumte ich einen Mord, und drehte mich zur Seite. Als mich der Kommissar fragte, haben Sie etwas angerührt, entschuldigte ich mich und sagte: Nur mit Plastikfolie, ich wollte nicht, dass meine Fingerabdrücke erscheinen.

Das Buch

Ein Schriftsteller, der einen unendlich langen Roman geschrieben hatte, bekam dafür einen Preis. Warum auch nicht, dachten die Romanschriftsteller. Daraufhin rief er alle Schriftsteller auf, ihre Romananfänge an ihn zu senden. Das Echo war gewaltig, alle unbekannten Autoren schickten ihre Romananfänge, und der erfolgreiche Schriftsteller erhielt noch einen Preis, für ein Buch, das er gar nicht geschrieben hatte. Es verkaufte sich besser als sein erstes Buch. Nur waren die unbekannten Autoren nicht beteiligt am Gewinn des Buches. Sie hatten lapidar unterschrieben, mit einem Exemplar der Erstausgabe zufrieden zu sein. Sie dachten, ein Teil von mir, im Buch des preisgekrönten Autors, das ist doch was! Nur die Erbin eines beteiligten Autors wurde böse, nannte den preisgekrönten Schriftsteller öffentlich einen HURENSOHN! Sogleich schaltete sich das Fernsehen ein. Eine große Diskussion entstand, sämtliche Zeitungen berichteten darüber, und das Buch kletterte höher und höher in den Verkaufslisten. Nur für die Frau kam nichts heraus dabei. Höchstens die Erkenntnis, dass hier auch für Erben nichts zu holen war.

Der Schreibtisch

Er schrieb jeden Tag ein Gedicht. Kein Wort zu wenig und keines zu viel. Jeder, der sich mit dem Schreiben beschäftigte, hätte sich das gewünscht. Nur bei ihm traf es zu. Als er mehr als einhundert Gedichte geschrieben hatte, schickte er sie an den besten Verlag den er kannte. Nach einem halben Jahr erhielt er Nachricht, der Verlag habe sich aufgelöst, und alle Gedichte kehrten zu ihm zurück. Er schrieb weiter, konnte nicht mehr aufhören. Jeden Tag ein neues Gedicht, kein Wort zu viel und keines zu wenig, schrecklich schöne, jeden Menschen betreffende Gedichte. Aber nichts geschah. So hörte er auf zu schreiben, wandte sich wichtigeren Dingen zu. Die Gedichte, druckreif, kein Wort zu wenig und keines zu viel, liegen geordnet in seinem Schreibtisch.

Der alte Mann

Vor dem tiefblauen Himmel fuhr ein lustig bemalter Heißluftballon in eine hohe weiße Wolke hinein, und auf dem Gesicht des alten Mannes, vor dem kleinen Haus mit den grünen Fensterläden, zeigte sich ein kindlich unbeschwertes Lächeln.

Der Hausbesitzer

Was halten Sie von Ihren Nachbarn? Kennen Sie Ihre Nachbarn? Trinken Sie Coca Cola? Sieht man Ihnen alles an? Wie verhalten Sie sich bei einem Glückwunschtelegramm? Sind Sie vernünftig? Sind Ihre Fingernägel sauber? Wer möchten Sie sein? Was denken Sie, wenn Sie allein sind? Nehmen Sie Schlaftabletten? Mögen Sie Katzen? Sind Sie schwindelfrei? Haben Sie Prinzipien? Wenn ja, welche? Sagen Sie stets, was Sie denken? Sind Sie verheiratet? Lieben Sie Kinder? Wie alt sind Sie? Träumen Sie manchmal von einem anderen Partner? Leben Sie allein? Wie alt möchten Sie werden? Haben Sie Feinde? Schauen Sie oft auf die Uhr? Wie hoch ist Ihr Einkommen? Sind Sie gerne allein? Interessiert Sie das?

Leidenschaft

Er liebte die Außenseiter, die Gescheiterten und Verschrobenen, die hilflos Besessenen, mit leuchtenden Augen durch die Gegend laufenden, hoffnungslos verlorenen Idealisten. Plastiktütenarchivare, mit ungeheurem Zahlengedächtnis ausgestatte Buchprospektesammler, Verwerter nutzloser Gedanken. Er selbst nannte sich Buchstabenspezialist.

Bleistift

Er schreibt mit kurzen Bleistiftstummeln. Sie liegen verstreut auf seinem Schreibtisch. Mit ihnen kommt er in Schwung, so eine Art Inspiration. Für ihn ist das wichtig, wichtiger als ein Computer.

Übereinkunft

E spricht nicht mit C, weil C mit F spricht, wel-
cher gerne mit D sprechen würde, aber nicht
weiß, ob D noch mit B spricht, der mit C gesehen wurde, neuerdings auch mit E.

Der Blick

Nach all den müden traurigen Augen, folgte plötzlich ein wohltuend harter alles durchdringender Blick.

Neuheim

Neuheim ist eine kleine Stadt, eine sogenannte Kleinstadt. Neuheim hat ein kleines Theater, wo jedes Jahr ein großes Theaterfest stattfindet. Der Kulturkritiker berichtet dann in der Zeitung, als sei es sein Theaterfest. Neuheim hat nichts an sich. Die Neuheimer schämen sich, Neuheimer zu sein. Aber sie sind froh, niemand vom Land zu sein. Genauer gesagt: Die Neuheimer haben einen Komplex, einen Stadtundlandkomplex. Jeder weiß, was ein Komplex ist. Die Neuheimer auch. Sie geben es nur nicht zu! Die Neuheimer freuen sich, wenn ein Landbewohner vor ihnen steht. Sie fragen ihn dann, woher er denn käme. Darauf sagt vielleicht der Landbewohner: Aus Kirchdorf. Und der Neuheimer: Wo liegt denn das? Der Kirchdorfer: Nicht weit von hier. Komisch, sagt dann der Neuheimer, das kenne ich gar nicht! Und der Kirchdorfer wird nervös, merkt er doch, dass ein Stadtbewohner vor ihm steht. Für den Kirchdorfer ist ein Neuheimer etwas Besonderes. Aber für den Neuheimer ist ein Kirchdorfer nur ein Landbewohner, und ein Landbewohner ist für ihn einer, der kein weißes Hemd hat und sich die Nase nicht putzt. Der Neuheimer sucht keinen Kontakt mit dem Kirchdorfer. Der Kirchdorfer schon. Der Neuheimer weiß das. Darüber ist er sehr stolz. Aber er weiß auch, dass es noch andere Städte gibt als sein Neuheim – GROSSSTÄDTE! Schon der Gedanke daran macht ihn eifersüchtig. Sieht er auf seinem kleinen Parkplatz einen Wagen aus der Großstadt, ist er stolz, einen Großstädter bei sich zu haben. Aber dann kommt die Eifersucht. Der Neuheimer hätte auch gerne seinen großen Verkehrsstau, seine großen Hotels, seine großen Fußballstars, seine ganz großen Probleme. Neuheim hat nichts an sich. Das muss anders werden, denken die Neuheimer. Das wird anders, sagt der Oberbürgermeister. In Neuheim gibt es außer dem Bürgermeister auch einen Oberbürgermeister, weil Neuheim eine Stadt ist, und der Oberbürgermeister ist eine angesehene Person. Ein Mann von der Zeitung kommt zu ihm für ein Interview: Herr Haubermann, seit über drei Jahrzehnten bekleiden Sie das Amt des Oberbürgermeisters, gedenken Sie, weiterhin Oberbürgermeister zu bleiben? Oberbürgermeister: Junger Mann, sagen Sie nicht bekleiden. Interviewer: In Ordnung, gedenken Sie weiterhin, Oberbürgermeister zu bleiben? Oberbürgermeister: Natürlich! Interviewer: Welche Schritte werden Sie dann unternehmen, wie wollen Sie

Neuheim zum großen Aufschwung verhelfen? Oberbürgermeister: Darüber habe ich ein Buch geschrieben. Interviewer: Das ist mir neu! Oberbürgermeister: Ja, ich habe ein Buch geschrieben. Interviewer: Und? Oberbürgermeister: Es liegt demnächst im Schaufenster unserer Buchhandlung!

Ausweg

Jedesmal, wenn sich das Ehepaar gestritten hatte, sagte der Mann: DER KOPF, AUS DEM ZWEI UNEINSICHTIGE AUGEN BLICKEN, SITZT NOCH IMMER AUF DER SCHULTER! Daraufhin verstummte die Frau, und beide fielen sich erleichtert in die Arme. Danach befragt, was ihr Verhalten zu bedeuten habe, antworteten die beiden: Sonst würden wir ja nur noch streiten!

Haareschneiden

Ein Herr betrat einen Friseursalon, um sich die Haare schneiden zu lassen. Bitte, keine unterwürfige und besitzergreifende Gespräche, keinen Ton übers Wetter, Befinden oder dergleichen. Nur Haareschneiden, sagte er streng und folgte dem Blick des Friseurs im Spiegel.

Der Prophet

Der Mann, der den Berg ARARAT verschenken wollte, hatte Dreck am Stecken. Das sah man bereits von weitem. Doch er sprach unbeirrt weiter: Ein geschichtsträchtiger Ort, wisst ihr überhaupt, was hier passiert ist, die Taube Noahs flog von dort oben los, alles hat hier neu begonnen, und ihr wollt den Berg nicht geschenkt? Wo ist der Haken, fragten die Leute, irgendein Haken muss doch dabei sein – und ein jeder weigerte sich, den Berg ARARAT geschenkt zu bekommen. Nicht um viel Geld, riefen sie. So baute der Mann seine Zelte wieder ab, zog weiter Richtung Süden.

Natur

Alles ist Natur, sprach die Natur. Ich werde
dich in die Knie zwingen, erwiderte die Zivili-
sation. Du wirst es bereuen, sprach die Natur.
Da kann ich nur lachen, entgegnete die Wis-
senschaft, wir kriegen dich! Gott lenkt alles,
mischten sich die Gläubigen ein. Wir werden
sehen, sprach die Natur.

Der Unsichtbare

Der Mann, der sich unsichtbar machen konnte, saß im Büro seines Chefs und beobachtete ihn. Er hatte ein leichtes Schuldgefühl dabei. Doch als er hörte, wie die Türe aufging und eine Kollegin hereinkam, von der er nie gedacht hätte, dass sie so über ihn sprechen würde, zog er den Stecker aus der Steckdose, an dem die Schreibtischlampe und die Telefone angeschlossen waren. Auch der Computer des Chefs, an dem der vor kurzem noch seine über fünfhundert Seiten starke ungespeicherte Doktorarbeit korrigiert hatte. Noch viel mehr sollte ich verschwinden lassen, dachte der Mann, beließ es aber dabei, als er hörte, wie sein Chef bereits die gesamte Computerwelt verfluchte.

Schnee fällt

Schnee fällt. Haare wachsen. Turnschuhe riechen. Der Morgen muffelt. Das Auto fährt. Der Uhu uhut. Der Schnee ist weiß. Die Erde schwarz. Der Mensch denkt. Der Fisch schwimmt. Der Strick ist faul. Zwei mal zwei. Wasser plätschert. Der Bergsteiger klettert. Der Fußgänger geht. Die Welt ist rund. Der Brummbär brummt. Das Klo stinkt. Krummgelacht. Das Wasser rauscht. Laut gedacht. Der Bäcker bäckt. Schnee fällt. Rote Lippen. Weiter, weiter!

Das Notizbuch

Sei Herr deiner Gefühle. Tausche mit keinem, weil er ein schönes Gesicht hat. Nur der Anfang ist leicht. Komm niemandem zu nahe. Will dir jemand erklären, Anfänger gäbe es genug, behaupte nicht gleich das Gegenteil. Sag niemals, der dritte von links oder so Sachen. Der Schlüssel zum Glück kann auch ein Wort sein wie Jugendverbot. Stell keine Fragen, jede Antwort ergibt andere Fragen. Schreib es ins Notizbuch.

Der Zimmermann

Ein angesehener Zimmermann aus Kirchdorf, verheiratet und Vater von drei Kindern, betrank sich wegen eines längst sicher geglaubten, nun aber doch nicht erhaltenen Großauftrages im Gasthof Jägerwirt dermaßen, dass er „auf der Stelle sterben" wollte, wie er mehrfach betonte, was ihm aber keiner der Gäste abnahm. Als er am Morgen erwachte, griff er zur nächstbesten Wasserflasche, um seinen Brand zu löschen, verwechselte sie aber mit der Flasche Spiritus, den seine Frau am Tag zuvor noch zum Fensterputzen verwendet hatte und fiel schweiß-überströmt, mit weit aufgerissenen Augen, verzweifelt nach Luft ringend, plötzlich, wie ein gefällter Baum, tot in seiner Küche um.

Die Chorleiterin

Eine fünfundsechzigjährige Frau, die jahrzehntelang den Kirchenchor der Gemeinde Kirchheim, nahe dem Schwarzen Moor, geleitet hat, saß an einem Sonntagnachmittag allein im Cafe der Landeshauptstadt. Sie versuchte mit dem HANDY, das sie von ihren Kindern zu Weihnachten geschenkt bekommen hatte, (UM NICHT GANZ ZU VERDUMMEN, wie sie sagten, was sie als eine Ungeheuerlichkeit empfand) eine sogenannte MESSAGE an ihren Enkel zu senden, brachte es aber nicht fertig. Als sie den Kellner um Hilfe bitten wollte, antwortete der nur, ich nix Handy, und deutete auf die Telefonzelle vor dem Lokal. Daraufhin verließ die Frau das Cafe, winkte ein Taxi heran und fuhr Richtung Donaubrücke davon. Seitdem gilt die Frau als vermisst. Der Kellner gab zu Protokoll, sie habe einen äußerst mürrischen Eindruck auf ihn gemacht, außerdem ihre Rechnung nicht bezahlt. Beim Weggehen habe er noch einen Satz von ihr gehört, der lautete: So was hab ich dick! Das Handy habe er aufbewahrt, nach Bekanntwerden der Vermisstenmeldung ihren Kindern übergeben, samt Rechnung für Kaffee und Kuchen.

Der Wald

Der Wald wird als solcher bezeichnet und in dunkles Grün getaucht. Dabei scheint es unwesentlich, ob Laubwald, Mischwald oder Tannenwald. Er wird sogleich erklärt als ein Stück Natur, als ein Ort der Ruhe und Einkehr. Gesprochen wird vom Waldlauf, vom Waldspaziergang, vom Lufttanken. Sein Inventar besteht aus Licht, das sogleich wie Spinnweben zwischen den Bäumen hängt, Tannzapfen, ausgedörrt von diesem Licht, liegen verstreut am Boden, Grasbüschel wachsen wie Haare am Wegrand. Gewarnt wird vor dem Barfußlaufen im Wald, vor dem Feuer. Ist es Winter, geht man mit einem Stock an die Baumstämme, klopft sie ab und bezeichnet dieses Geräusch als trocken und dumpf. Gern wird der Wald durch ein Fernglas betrachtet. Die Phantasie hat freien Lauf. Die Höhe wird mit dem Daumen visiert. Rostbraun hockt die Sonne über den Wipfeln.

Die Radbolzen

Bevor der Mann mit der Arbeit beginnt, legt er sich einen großen Schraubenzieher zurecht, stößt ihn mit der flachen Seite in den Spalt, umklammert den Griff, dreht ihn ruckartig nach links – die Radkappe kracht aus ihrer Halterung. Er ist kein Formeleinsfahrer. Er steckt den passenden Kreuzschlüssel auf die Radmuttern, dass ein Querbalken des Kreuzes eine Diagonale bildet. Während er sein Körpergewicht auf den Balken verlagert, kräftig nach unten drückt, heulen die Wagen in den Boxen auf. Die Radmuttern sind schon gelockert. Er setzt den Wagenheber an, dreht mit der Kurbel das Fahrzeug hoch, dreht mit Daumen, Zeige- und Mittelfinger einzeln die Muttern ab. Die Wagen rollen auf die Piste. Wagen Nummer 7 setzt sich auf die beste Position. Der Starter schwenkt die Flagge. Er hebt das Reserverad hoch, schiebt es mit beiden Händen, schiebt es mit einem kräftigen Ruck auf die Radbolzen, dreht die Muttern auf. Die Wagen jagen auf die erste Kurve zu. Wagen Nummer 3 hält die Spitze. Nummer 7 ist nicht weggekommen. Nummer 5 schießt aus der Kurve. Mit dem Wagenheber setzt er das Fahrzeug auf den Boden, zieht mit dem Radkreuz die Muttern bis zum Anschlag, drückt mit der flachen Hand die Radkappe auf. Schweißüberströmt erwacht er im Bett.

Vorstand

Als die Frau ihr Ziel endlich erreicht hatte, fühlte sie eine tiefe Leere in sich aufsteigen – und sie begann wieder von vorne. Über zweihundert Briefe hatte sie mit der Zunge frankiert und zugeklebt, deren Inhalt aber nicht bestimmt war für die MITGLIEDER DES TAUBENZUCHTVEREINS, sondern für die FREUNDE DER FREIKÖRPERKULTUR! Warum nur, fragte sich die Frau verzweifelt, musste ihr Mann auch Vorstand in zwei Vereinen sein!

Aufgabe

Der Mann nahm sich vor, besonders nett zu seiner Frau zu sein, und begann für sie das Geschirr zu spülen. Die Antwort auf seine Eigenmächtigkeit: Zu viel Spülmittel, Töpfe erst einweichen, Abfall in den Müll, die Messer extra, was nimmst du so viel Wasser, geh mir endlich aus dem Weg! Als er, zur Untätigkeit gezwungen, Musik im Radio suchte und auch fand, hörte er, wie sie mit ihren Fingern rhythmisch den Takt mitklopfte, und stellte lauter. Antwort: Leiser, leiser! Aufgabe: Sämtliche Sticheleien (Montag bis Sonntag) notieren, dabei ehrlich bleiben, nicht ins Soll geraten, nicht mürrisch werden. (Aufgabe für ein Jahr?)

Treue

Der junge Baum schwor Treue der Wiese. Die Wiese schwor Treue der jungen Baumwurzel. Die junge Baumwurzel schwor Treue dem Flussufer. Der Fluss wusste nichts davon und ertränkte das Flussufer, die Wiese, den Baum. Der Wind wollte sich einmischen, aber sein großer Bruder übertönte ihn und beide wurden zum Sturm, spielten mit der jungen Baumwurzel, warfen sie achtlos fort. Dabei dachte ich, rief der Baum (und forderte die junge Baumwurzel auf, sich festzuhalten), Treue sei kein schlimmes Wort!

Ausreden

Ein Mann, der stets behauptet fortzugehen: Morgen gehe ich, morgen! Was sich dazwischen ereignet. Wie er sich abhält davon, seine Ausflüchte und Ausreden, und was ihn wirklich hält: Morgen gehe ich! Bis eines Tages seine Frau verschwunden ist. Ob die Ausreden des Mannes Absicht waren, weiß man nicht. Jedenfalls hat er nie mehr behauptet fortzugehen.

Probleme

Ich bin noch jung, Brillenträger, sehe älter aus als ich bin, das kommt vom Haarausfall. Schon viel ausprobiert, aber ohne Erfolg. Ich betrachte mich nicht mehr im Spiegel. Den Rückwärtsblicker erkennt man bereits von weitem, sagen die Leute, spätestens nach dem ersten Wort. Ich weiß, sie haben recht, Haarausfall, Pickel und Contactlinsen sind kein Problem. Im Gegenteil, sie helfen mir, die großen Probleme zu meistern.

Termine

Die Frau hatte sich verspätet, lief mit offenem Mantel und wehenden Haaren dem Bus entgegen, der die Haltestelle bereits erreicht hatte. Ein Passant blieb schadenfroh stehen und rief: Den erreichen Sie nicht mehr! Die Frau beschleunigte ihr Tempo, wäre beinahe gestürzt. Bevor der Bus losfuhr, bemerkte sie, dass sie sich getäuscht hatte. Die Haltestelle für ihren Bus war nicht an der Grüntenstraße, sondern Ecke Eintrachtstraße. Sie ging langsam weiter. Vor der Kreuzung blieb sie stehen. Sie hustete, richtete sich zurecht. Ihr Puls normalisierte sich wieder. Da kam der Bus. Sie war sich sicher, dass sie ihren Termin nicht versäumen würde. Sie fand einen leeren Platz in Fahrtrichtung, setzte sich und blickte etwas gelangweilt aus dem Fenster. Ein Platz gegen die Fahrtrichtung wäre ihr lieber gewesen, Häuser und Landschaften, Autos zogen dann an einem vorbei, als hätten sie ihr Gewicht verloren, und alles bekam etwas Rührendes. Was machte es schon, sie würde ihren Termin nicht versäumen, der war wichtiger als ein Platz gegen die Fahrtrichtung! Sie dachte an den Passanten, der ihr die Verwünschung zugerufen hatte. Sie lachte, und der Bus hielt an. Ein kahlgeschorener Mann in weißem Mantel und roten Turnschuhen stieg ein, blieb lächelnd an der Türe stehen. Schönen guten Morgen, rief er, ich freue mich, dass Sie so zahlreich erschienen sind! Eine längere Pause entstand. Die Frau erschrak, sie hatte ihren Fahrschein vergessen! Sie wühlte in den Taschen, rutschte tiefer in den Sessel. Der Mann fuhr mit seiner Rede fort: Gestatten Sie, dass ich mich kurz vorstelle, mein Name ist Professor Doktor Wohlmut-Schmitz! Der Bus hielt wieder, und der Mann hob seinen Arm, begann einen großen Kreis in die Luft zu zeichnen. Sämtliche Passagiere waren nun auf ihn aufmerksam geworden. Er blickte in die Runde, wiederholte seine Bewegung. Also, fragte er, was sehen Sie? Richtig, einen Kreis. Und was ist rund? Natürlich, die Welt – und an was denken Sie, wenn Sie die Erde sehen? Ein arbeitsloser Professor, dachte die Frau, ein Verrückter! Richtig, fuhr der Mann fort, Sie denken an GLOBALISIERUNG! Der Bus kam wieder zum Stehen. Die Frau konnte ihre Blicke nicht mehr von dem Mann wenden, so etwas hatte sie noch nicht erlebt. Sie fühlte sich von ihm angezogen und abgestoßen zugleich. Ein verrückter, kahlgeschorener Mann in weißem Kittel und roten Turnschuhen. Erst als sie den Jungen neben ihm an der Türe aus dem Fenster blicken sah, wurde ihr bewusst, dass sie eine Station zu weit gefahren war! Entsetzt sprang sie auf und wollte aussteigen. Die Türe aber blieb verschlossen. Mein Termin, rief sie, mein Termin! Schließlich gab sie es auf, weiter an der Türe zu rütteln. Wie entgeistert blickte sie den kahlgeschorenen Mann an, der sie freundlich aufforderte, sich wieder zu setzen. Bitte, wiederholte er, setzen Sie sich! Und er fuhr fort mit seinem Vortrag.

Das Unfassbare

Das Unfassbare war geschehen. Niemand kümmerte sich darum. Würde es weiterhin unfassbar bleiben, oder sein? Oder würde man neue Namen, Bezeichnungen erfinden dafür? Würde es sich zurückmelden, das Unfassbare?

Der Spielplatz

Ein Mann, der allein durch einen Kinderspiel-
platz marschierte, bemerkte dort eine Frau auf
einer Bank, die ihn von oben bis unten musterte. Misstrauisch und böse, als sei er der seit
langem gesuchte KINDSMÖRDER. Sie ließ ihn
nicht aus den Augen, bis er den Spielplatz verlassen hatte. Jetzt erst wagte er, sich wieder um-
zublicken – und rammte einen Laternenpfahl.
Er schimpfte und fluchte, und der verächtliche
Blick der Frau begann sich allmählich von ihm
zu lösen.

Morpheus

Herr Morpheus hatte einen kleinen Knopf an der Stirn, auf dem stand: Zum Einschlafen kurz antippen. Während andere Leute vor Sorgen keine Ruhe mehr fanden, lag er längst im Tiefschlaf. Ein Druck auf das Knöpfchen genügte. Auch bei Vollmond. Natürlich wusste das keiner. Fragte man ihn: Wie haben Sie heute Nacht geschlafen, begann er zu gähnen, obwohl er frisch und munter war. Ja, ja, sagte er dann, es ist wirklich schlimm, und die Leute fühlten sich bestätigt. Für ihn gab es keine Probleme. Bis er plötzlich den Knopf nicht mehr fand, unentwegt an seinem Körper herumtastete. Am Tag zuvor hatte er seinen Chef betrogen, sich stillschweigend aus dem Staub gemacht. Seitdem sucht er vergeblich das Knöpfchen. Manchmal kann man ihn beobachten, nachts, auf einer Brücke, unruhig und nervös. Manchmal auch im Spiegel.

Der Jäger

Die Hunde kläfften jede Nacht. Die Ohrenstöpsel machten den Mann krank. Und die Hunde kläfften weiter. Die Frau schlief bereits in der Küche. Kein Platz für ihn. Der Jäger hielt die Tiere in einem Holzkäfig auf dem Land. Er selbst wohnte in ruhiger Umgebung, ließ zweimal im Jahr die Tiere frei zur Jagd. Es war nichts zu machen gegen den Jäger. Die Gendarmerie maß den Abstand vom Schlafzimmer zum Hundezwinger. Exakt dreihundert Meter. Tut uns leid, die Bestimmungen sind eingehalten. Nichts zu machen, sagten sie. Da fand der Mann im Gemüsehändler einen Verbündeten, der ständig unter Schlaflosigkeit litt. Eines Nachts machten sie sich mit dem Gemüsewagen auf, verpassten den Hunden Betäubungsspritzen, brachten sie vor den mit Eisengittern eingezäunten Bungalow des Jägers, ketteten die Hunde an und warfen ihnen ein paar verdorbene Fleischbrocken hin, bevor sie wieder in der Nacht verschwanden.

Dies geschah vor mehr als fünfzig Jahren. Niemand weiß mehr genau, was herauskam dabei. Außer dass die Klageschriften des Jägers immer noch unbearbeitet im Gerichtsarchiv der Provinzhauptstadt liegen, sich bis heute für die Eröffnung des Verfahrens niemand zuständig fühlt.

Null

Nummer DREI fragte die VIER, wo ist die ZWEI? Keine Ahnung, meinte die FÜNF, sollen wir sie suchen? Ach die ZWEI, rief die VIER, die glaubt was Besseres zu sein, die hält sich wieder bei der NULL auf. Ich brauche sie, rief die DREI, die ZWEIUNDDREISSIG ist gefragt! Wenn das stimmt, meinte die EINS, dass die ZWEI ständig rummacht mit der NULL, kann sie was erleben, die Nummer EINS bin ich!

Nil voll Krokodil

Der kleine Mann sagte immerzu: DAS KROKO-
DIL VOM NIL! DAS KROKODIL VOM NIL! Die
Leute überlegten, dachten an den Nil. Wer, wo,
was – wo war er denn, der Nil? DAS KROKODIL
VOM NIL! DAS KROKODIL VOM NIL! Aha, sagte der Herr Doktor, das haben wir gleich, gab
ihm einen leichten Klaps auf den Hinterkopf.
Seitdem sagt der Mann nicht mehr: Das Krokodil vom Nil. Sondern: DAS NIL VOM KRO-
KODIL! DAS NIL VOM KROKODIL! Klingt viel
schöner jetzt, meinen die Leute. Muss keiner
mehr nachdenken, wie man es schreibt, das
Krokodil, oder wo es sich aufhält. Was, du
kennst es nicht – DAS NIL VOM KROKODIL!?

Kompetent

Nachdem der Zahlenexperte von kompetenter Seite einen Bericht über das menschliche Gehirn gelesen hatte, dachte er, nun wird also die linke Gehirnhälfte für Zahlen verwendet, für Betrügereien und logisches Denken, Koordinationsfähigkeit und dergleichen. Wenn dem so ist, auf dieser Seite das Wichtige passiert, bin ich eben ein linkslastiger Gehirnmensch. Obwohl ich bislang glaubte, ein beidseitig veranlagter Gehirnmensch zu sein.

Der Luftballon

Kleine Regenwolken hängen über der Stadt, kleine bunte Luftballone vor einem Fenster. Der Wind verfinstert die Gesichter der Menschen. Fensterläden werden geschlossen, zugeschlagen. Die bunten Träume zerplatzen. Das Kind hat noch einen gerettet. Der Luftballon ist blau. Dunkelblau, um genau zu sein. Der Sturm hat sich wieder gelegt. Die Regenwolken sind verschwunden.

CANTUS

Adelhard Winzer
Zwei Stücke im CANTUS Theaterverlag

ADELHARD
WINZER
KRETHI UND PLETHI
Ein Spiel

Ein Stück, das die Sprache zum Mittelpunkt hat.
Befangenheit und Vorurteile der Menschen.
Keine zwingende Handlung. LAYLA
(schwarzhaarig) und SABRINA (blond),
einheitlich gekleidet,
sitzen Rücken an Rücken auf einer Bank,
reden über eine fremde Person, stehen auf,
gehen im Kreis, deuten mit den Händen,
vermeiden es, sich dabei anzuschauen.
Ort des Geschehens: Ein Kirchenplatz.
Bühnenlicht, das, während sie sprechen,
allmählich schwächer wird und den Schatten
des Kirchturms näher bringt. Bewegungen
und Gesten sollen nicht übertrieben wirken.
Freier Redefluss. Dazwischen kurze und längere
Pausen. Keine strenge Regieanweisung,
die Inszenierung liegt in der Hand des Regisseurs.
LAYLA und SABRINA telefonieren in den Pausen:
nehmen Anrufe entgegen, die sie mit JA oder NEIN
oder SOWIESO beantworten, oder sie schreiben
SMS auf ihren Handys, murmeln Unverständliches
dabei, schminken sich oder blättern in Illustrierten,
gähnen, schauen neugierig um sich, manchmal auch
verängstigt. Beide treten sehr selbstsicher auf –
aber nicht überheblich.

ADELHARD
WINZER
DAS KORKENSPIEL
Drama

Ein Leben ist immer zu kurz
für ein ganzes Leben

Alf und Bianca haben ihre Stadtwohnung
aufgegeben und versuchen in einem abgelegenen
Bauernhof auf dem Land sesshaft zu werden.
Eines Tages bekommen sie Besuch von Gitte und
Ernst, einem befreundeten Paar aus der Stadt. Sie
machen es sich bei Kaffee, Kuchen und Wein im
Garten bequem, erzählen von ihren Reisen nach
Asien, Österreich, Italien, Mexiko und New York.
Während Alf und Bianca sich gegenseitig die
Beweggründe ihres Neuanfangs zu erklären
versuchen, schwärmen Ernst und Gitte von der
ländlichen Umgebung. Dabei stellt sich heraus,
dass Alf und Bianca von ihrem neuen Nachbarn
dominiert werden, die angebliche Idylle nur
täuscht, alle vier sich im Grunde nichts zu sagen
haben. Ein harmlos erscheinender Nachmittag auf
dem Bauernhof, bei dem es am Abend zur
Katastrophe kommt.

Aufführungsrechte:

CANTUS Theaterverlag
Eschach